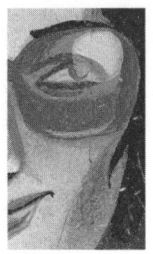

Martin Schacht

Straßen der Sehnsucht
Berlinroman

Rowohlt Taschenbuch Verlag

Originalausgabe
Veröffentlicht im Rowohlt Taschenbuch Verlag GmbH,
Reinbek bei Hamburg, August 2003
Copyright dieser Ausgabe © 2003 by Rowohlt Taschenbuch Verlag GmbH,
Reinbek bei Hamburg
Copyright © 2003 by Martin Schacht
Satz Proforma PostScript (PageMaker)
bei Pinkuin Satz und Datentechnik, Berlin
Druck und Bindung Clausen & Bosse, Leck
Printed in Germany
ISBN 3 499 23402 5

Die Schreibweise entspricht den Regeln
der neuen Rechtschreibung.

Ähnlichkeiten mit lebenden Personen gibt es nicht.

Inhalt

1 Cindys Geheimnis 7
2 Unter Geiern 13
3 Leas Entscheidung 20
4 Mutmaßungen über Donatella 25
5 Das Dünne und das Böse 30
6 Kryolan Ultra Foundation MB 2 34
7 Am Anfang war das Ei 39
8 Menschen am Sonntag 47
9 Schnee im August 54
10 Aber schön war es doch 58
11 Geordnete Verhältnisse 63
12 Tod im Off 70
13 Die letzte Lola 74
14 Fast wie neu 80
15 They never come back 87
16 Überall ist Lagerfeld 92
17 Die Angst und der Aldi 100
18 Kunst 105
19 Der Sitz der Macht 110
20 Ich bin dein Geschöpf 116
21 Eine internationale Unterhaltungskünstlerin 122
22 Alles Schönchen 128
23 Innerlich rein 134

24 Der weltbeste Partygastdarsteller 138
25 Fett 145
26 Familientreffen 150
27 Ultraslim und Kamikatze 156
28 Dingsbums und Bumsdings 163
29 Marmelade 169
30 Herzen im Duett 175
31 Pack schlägt sich, Pack verträgt sich 181
32 Freesien 186

Kapitel 1
Cindys Geheimnis

Das Tolle ist, dass man aus allem im Leben eine Anekdote machen kann. Egal, wie weh es tut, wie peinlich oder langweilig es ist – jedes Erlebnis gerinnt irgendwann zu ein paar Sätzen, mit denen man die Leute unterhalten kann. Deshalb wird auch dieser Abend zu etwas nütze sein, hofft Hanno, als er in den gläsernen Lift steigt und nach oben fährt

Im Stilwerk geht es heute ungewohnt geschäftig zu. Ansonsten agieren die Läden eher am Rande der Insolvenz, erzählt man sich. Was Wunder: Das Stilwerk vereint alles, was der Berliner schon immer an Hamburg und Düsseldorf nicht mochte. Es ist sauber und hell, mit vielen transparenten Glasflächen, und die Möbel, die es hier zu kaufen gibt, sehen weder nach Flohmarkt aus noch nach Türkentrash. Außerdem kosten sie deutlich mehr als bei Hütter's Junger Wohnwelt.

Unten vor dem Gästelistencounter lungern die üblichen Foyer- und Entreeschwuchteln und warten auf ihre besten Freundinnen, die die Einladungen haben. Kurz hinter dem Counter steht, onduliert und in Escada mit maritimen Goldknöpfen, Frau von Lahnstein, um die Gäste zu begrüßen. Alle denken natürlich, dies sei ihre Party, auch wenn das nicht der Fall ist. Sie beherrscht diese Nummer bis zur Perfektion. Hanno musste sie einmal des Platzes verweisen, und seitdem grüßen sie sich nicht mehr. Frau von Lahnstein sieht weg und rümpft verachtungsvoll ihre Nase.

Als die Musik kurz ausgeht, ist es innerhalb einer Minute totenstill, dann bricht ein Lichtgewitter los, als bediene Albert Speer die Regler. Dazu ertönt, immer wieder gern genommen, *Also sprach Zarathustra*. Als das Stück in einem sanften Panflötengeröchel verebbt, kommen auch die hektisch kreisenden Scheinwerfer zur Ruhe und weichen milder Beleuchtung. Ganz viel Kosmetikfolie, denkt Hanno. Und dann kommen sie hinter den apricotfarbenen Stellwänden hervor, erst Felix, dem höflich applaudiert wird, dann, mit einem Soundeffekt, sie: Cindy, die Schöpferin von Cindy's Secret, dem Produkt, das Benutzerinnen von La Mer, Kanebo's La Crème und Cliniques Turnaround Cream aussehen lässt wie ein alter Lederstrumpf. Cindy Crawford ist jetzt nicht mehr nur ein Model, sondern auch eine Creme.

Felix macht seine Sache nicht übel, findet Hanno, der sich hinten am Ausgang positioniert hat, um im Zweifelsfalle als Erster am Aufzug oder an der Treppe zu sein. Der Junge bemüht sich redlich, gut auszusehen in seinem anthrazitfarbenen Anzug, was neben Cindy Crawford natürlich schwierig ist. Aber die Fragen und Antworten sind abgesprochen, das kriegt er auch ganz gut hin. Sie lachen gekünstelt, und Cindy behauptet, sie würde sich gern mal privat Berlin ansehen.

«Den kenn ich von früher», sagt Hanno nicht ohne Stolz zu dem Mädchen von der Konkurrenz, das neben ihm steht und nicht recht weiß, ob sie ihn im Auftrag ihrer Firma observiert oder was sie hier tut. «Hat auf meinen Veranstaltungen gearbeitet, so wie du hier heute.»

Das stimmt zwar so nicht ganz, Felix hat seinerzeit bei dem Partyservice gejobbt, den Hanno für seine Events immer nimmt, klingt aber besser. Jaja, Mädel, aus dir kann noch was werden, musst dich nur an die richtigen Leute halten. Die Kleine, zweites Semester Gesellschafts- und Wirtschaftskommunikation, erstes Praktikum bei einer Agentur, versucht, ihn weiter in den Saal zu lotsen und ist ganz begeistert, den großen Hanno John persönlich kennen zu lernen. Sie kennt seinen Namen aus dem Vorlesungsverzeichnis, denn Hanno hält an der Universität der Künste einmal pro Semester eine Vorlesung zum Thema *Branding*. Die kann er inzwischen auswendig, so oft, wie er schon referieren musste.

«Möchten Sie was trinken?», fragt die Praktikantin eifrig und winkt einem Kellner. Im Prosecco dümpeln rote Johannisbeeren als Zeichen dafür, dass es sich um einen A-Event handelt.

Schade eigentlich, dass es nicht seine Veranstaltung ist. Hanno sieht sich verstohlen nach den Notausgängen um, wie er es immer tut, seit er im Frühjahr an einer Anti-Terror-Schulung für Marketing-Fachleute teilgenommen hat, und muss widerwillig anerkennen, dass er selbst das Problem nicht besser hätte lösen können. An den Eingängen und auf der Terrasse stehen ein paar auffällige Gorillas in Anzügen, die unter der Schulter kneifen, und brabbeln finster dreinblickend in ihre Headsets.

Alles nur Staffage, die eigentliche Security ist im Publikum, unauffällig, nur daran zu erkennen, dass ihre Blicke manchmal etwas zu lange auf Leuten vor der Bühne verweilen, als sich auf Cindys Lächeln oder ihren immer noch tadellosen Leib zu konzentrieren, der heute in ein schlichtes Oberteil mit Spaghettiträgern und eine mokkafarbene Lederhose gehüllt ist.

Der wichtigste Grundsatz beim Erkennen von Terroristen oder gefährlichen Irren mit Brotmessern in der Tasche ist, dass sie einfach nicht da hingehören, wo sie ihrer mörderischen Tätigkeit nachgehen. Das hat ihnen damals der Experte eingebläut, ein gut aussehender junger Mann, Modelmaterial, mit dunklem, etwas öligem

Haar, der ein perfektes Business-Englisch sprach. Alle Menschen wollen irgendwohin, etwas kaufen oder jemanden treffen. Es gibt immer einen konkreten Grund, warum jemand da ist, wo er sich gerade aufhält, und diesen gilt es zu erkennen. Wenn das nicht möglich ist, so ist die betreffende Person erst einmal verdächtig.

Der Mann musste es ja wissen. Schließlich konnte er eine Menge Diplome vom israelischen Geheimdienst, der CIA und wer weiß wem noch vorweisen und hatte, bevor er seine reichhaltigen Erfahrungen der zahlenden Geschäftswelt zukommen ließ, angeblich drei Jahre lang auf einem belebten Platz in Tel Aviv Dienst getan.

Seinen Vortrag beendete er mit einer Anekdote über einen Selbstmordattentäter, dem beim Einsteigen in einen Bus der Kopf in der Tür eingeklemmt wurde. Als der Busfahrer bei dem Bewusstlosen erste Hilfe leisten wollte, entdeckte er den Sprengstoffgürtel. In einem solchen Falle müsse man den Leuten mit einem gezielten Griff das Genick brechen, das sei unbedingt notwendig. Da aber der Busfahrer diesen nicht beherrschte, flog alles in die Luft, als der Mann wieder zu sich kam.

Hanno drängte darauf, den Todesgriff zu erlernen, und fragte später ganz unschuldig nach, ob der gut aussehende Mr. Anti-Terror denn selbst schon mal jemanden umgebracht habe, doch der zog sich geschickt aus der Affäre: «Meistens schießen so viele Leute durcheinander, dass man nicht weiß, wer wen getroffen hat.» Er lächelte verbindlich. «Und man will es auch nicht wissen.»

Gestern Bali, heute Stilwerk, wer weiß? Der Tod von Cindy Crawford wäre zwar nicht die am nächsten liegende Werbemaßnahme für die Ziele von Al Qaida, aber öffentlichkeitswirksam allemal. Ein Terrorexperte würde hier mit Sicherheit verzweifeln, überlegt Hanno und nickt einem Moderedakteur zu, der gerade eine dreifache Ladung Giveaways in seiner Tasche verstaut. Achtzig Prozent der Leute haben überhaupt keinen Grund, hier zu sein – es sei denn, man zählt das Abgreifen von Schnittchen mit besserem Schmierkäse unter den Augen von Cindy Crawford als einen. Man kommt, man isst, man geht.

Die paar Journalisten, die später über Cindys Wundercreme berichten werden, hätte man ebenso gut und günstiger für ein Wochenende nach New York fliegen können, aber da will ja im Moment kein Mensch hin, selbst dann nicht, wenn es ein Wochenende im Soho Grand gratis gibt.

Trotzdem gibt es viel zu wenige von diesen Events. Obwohl das Geld da ist, und auch nicht viel weniger als vor ein paar Jahren, traut sich in Deutschland keiner mehr, es auszugeben. Könnte ja unangenehm auffallen. Bei wem eigentlich? Den Gewerkschaften? Den Arbeitslosen? Die kaufen ohnehin keine Creme zu 98 Euro. Und so wird eine ganze Branche kaputt gespart. Seine Branche, denkt Hanno. Die Stimmung changiert zwischen Ratlosigkeit, Fatalismus und Entsetzen. Keine Krise so schwer, dass alles nicht noch viel schlimmer kommen könnte.

Vorne an der Bühne passiert es jetzt. Fünfzigjährige Redakteurinnen, die einmal gehofft haben, sich ganz nach oben bumsen zu können und jetzt von den sieben Zeichen der Hautalterung betroffen sind, keifen ihre Kabelträger an und drängeln, als gäbe es wunder was. Die sieben Zeichen der Hautalterung, Super-Kampagne! Klingt wie die vier Reiter der Apokalypse, nur bedrohlicher. Keiner weiß, was das ist, aber was sich hinter Jod-S 11-Körnchen verbirgt, wird ja auch für immer ein Geheimnis bleiben. Cindy posiert mit dem Cremetopf, Design by Andrée Puttman, für die Kameras, dann ist der Spuk vorbei.

Hanno schießt ein Name durch den Kopf. Wer, zum Teufel, war nochmal Adelheid Streidel? Gott ja, die Frau, die Oskar Lafontaine niedergestochen hat, weiß der Himmel, warum sein Hirn diesen Namen gespeichert hat und ausgerechnet jetzt ausspuckt. Hanno sieht sich ängstlich um, neuerdings hat er häufig so ein komisches Gefühl in der Öffentlichkeit, er will ganz schnell hier raus. Als Cindy von der Bühne abtritt, applaudiert er lautstark. Irgendwer muss hier ja Begeisterung zeigen. Hanno steht's bis hier. Er ist die Krise leid.

Kapitel 2
Unter Geiern

Das Plus am Bel Air ist die Lage. In einem kleinen Park gelegen, entspricht es perfekt dem Wunsch gestresster Großstädter, einmal rauszukommen ins Grüne, aber dafür nicht mehr als eine halbe Stunde Zeit opfern zu müssen. Leider sieht man dem Café die Vergangenheit als Mehrzweckgaststätte an. Obwohl frisch gestrichen, verströmt der flache Pavillon mit seinen Glasbausteinen und unverblendeten Platten-Fugen-Wänden von außen noch den gewissen Charme einer Hauptstadt der DDR. Innen ist es allerdings recht angenehm.

Statt wie damals den Launen tyrannischer Kellner ausgeliefert zu sein, wird der Gast von hübschen, kurzhaarigen Schwulen und modischen Frauen, die ein bisschen zu viel lachen, begrüßt. Mit ein paar Eames-Schalen, gebügelten, weißen Tischdecken und einem Alabaster-Tresen hat man das Lokal auf elegante Sixties-Lounge gestylt. Gut gemeint und fast gelungen, könnte man sagen, wäre da nicht zum Leidwesen der Besitzer das Publikum, das doch recht durchwachsene Publikum.

Unglücklicherweise war das Bel Air kurz nach seiner Eröffnung einmal als *Geheimtipp* in der alljährlichen Hauptstadtreportage eines überregionalen Magazins erwähnt, was für ambitionierte Szenegastronomie natürlich beinahe einem Todesstoß gleichkommt. An Feiertagen oder Wochenenden dominieren deshalb Touristen und andere völlig unmögliche Gäste, auch wenn es zu Fuß fast zehn Minuten zum Scheunenviertel ist und man alles tut, um diesen Leuten den Laden zu vergällen.

Die Kännchen und die Schwarzwälder Kirsch hat man den Rentnern ebenso genommen wie den Touristen die Berliner Weiße, aber so einfach geben die sich nicht geschlagen. Nun sitzen sie herum und bestellen eben Latte Macchiato und Profiteroles, die Verwegenen auch schon mal zur Happy Hour einen Cocktail. Nicht ohne dabei den Kellnern mit ständigen Fragen, was denn was sei, auf die Nerven zu fallen. Alexander hat daraufhin beschlossen, die Happy Hour ganz abzuschaffen und 08/15-Cocktails wie die Caipirinha drastisch zu verteuern.

Nur abends funktioniert der Laden so, wie er und Daniel sich das erhofft haben: Es gibt ein paar nette Kleinigkeiten zu essen, und man ist dank Türsteher unter sich. In letzter Zeit allerdings ein bisschen sehr unter sich. Die Leute gehen unter der Woche weniger weg, man merkt es schon. Nur wenn noch zusätzlich ein DJ auflegt, ist der Laden voll. Das wiederum rechnet sich nicht, und außerdem beschweren sich die Anwohner, obwohl das nächste Wohnhaus fast hundert Meter entfernt ist. Früher haben sich die Leute gefreut, wenn sie eine gute Bar in der Nähe hatten. Die Leute werden alt und spießig.

Seit sie das Café zusätzlich zum Partyservice übernommen haben, ist Alexander nur am Jammern. Mal gibt es Ärger mit den Ämtern, dann langt das Personal in die Kasse, ein paar Tage später wird eingebrochen und die Anlage geklaut, der Ärger will einfach nicht aufhören.

«Versuch mal, einen vernünftigen Geschäftsführer zu finden», klagt Alexander. «Unmöglich! Und selbst wenn du einen hast, musst du trotzdem jeden Tag im Laden stehen. Die Leute wollen *dich* sehen. Kaum bist du ein paar Tage weg, heißt es: Der Laden kann ja nichts taugen, wenn selbst der Besitzer sich da langweilt.»

«Anlaufschwierigkeiten», meint Stella gelassen. «Mach doch einen Verein draus, mit Mitgliedsausweisen und einem freiwilligen Unkostenbeitrag. Rezessionsgastronomie auf Vereinsbasis läuft im Moment wie verrückt. Da ist es dann auch egal, wenn es schmuddelig aussieht und es nichts Ordentliches zu essen gibt.»

Sie kann sich nur wundern. Offenbar hat Alexander sich vorgestellt, er bräuchte nur einmal am Tag zum Abrechnen zu kommen, während Daniel sich weiter um den Partyservice kümmert. Doch ganz so einfach geht es eben nicht. Seit einer halben Stunde schon sitzt sie mit ihm in dem halb leeren Lokal und lässt seine Leidensgeschichte über sich ergehen. Ihre Gäste sind wie üblich spät dran. Glücklicherweise sieht sie jetzt die ersten kommen und scheucht Alexander zurück an den ungeliebten Tresen.

Schließlich ist es ein Frauenstammtisch. Einmal im Monat, jeweils am zweiten Mittwoch, trifft man sich im Bel Air und redet. So über dies und über das und wie die Stimmung ist, später meistens über Männer, obwohl das Thema ursprünglich tabu bleiben sollte. Aus dem Networking und den beruflichen Synergieeffekten, die sich Stella und Annette einstmals davon versprochen haben, ist wenig geworden, aber sie haben es immer nett und unverbindlich.

Eigentlich war einmal geplant, reihum bei den festen Teilnehmerinnen zu tagen, aber irgendwie ist man im Bel Air hängen geblieben. Und seit Annette geheiratet hat und in die Schweiz gezogen ist, bleibt die Organisation an Stella hängen, die froh ist, wenn sie sich nicht allzu viel kümmern muss.

Ohnehin ändert sich die Zusammensetzung der Runde ständig, und das liegt an der Berliner Ökonomie. Hier macht eine Fernsehproduktion dicht, da wird ein Werbeetat gestrichen, dort ist eine New-Economy-Klitsche zahlungsunfähig. Und die Leute, die bei diesen Firmen bequeme, gut bezahlte Jobs hatten, fliehen in der Hoffnung, dass man dort auf sie wartet, zurück nach München, Köln oder Hamburg. Kein Durchhaltevermögen, findet Stella. Kaum streicht man ihnen den Dienstwagen und das dreizehnte Monatsgehalt, werden sie panisch. Haben doch immer alle davon geredet, wie flexibel sie seien. Stella findet es interessant, zu beobachten, wer Berlin wortlos den Rücken kehrt, weil er angeblich irgendwo ein Superangebot hat. Ein halbes Jahr später sind die meisten wieder da, immer noch ohne Job.

Wie dem auch sei: Es gibt ihren Jour Fixe, und Stella ist stolz darauf, dass er inzwischen einen gewissen Ruf hat. Wer kommt, der kommt, und wer nicht, eben nicht. Gegen zehn sitzt noch ein halbes Dutzend Frauen beisammen. Eine frisch entlassene Redaktionsmanagerin feiert feuchtfröhlich ihre Kündigung und spendiert die dritte Runde Houdinis.

«Erst haben sie von zehn Redakteuren sieben entlassen», quakt sie fröhlich, «und dann haben sie sich überlegt, dass sie für drei Redakteure ja auch kein Redaktionsmanagement mehr brauchen.»

«Da ist wohl was Wahres dran», meint dazu säuerlich eine freie Producerin von Werbefilmen, die sich früher gern über Leute mit Festanstellungen lustig gemacht hat. «Da siehst du mal, wie es uns Freiberuflern geht. Du kriegst jetzt drei Monate Gehalt, wahrscheinlich eine Abfindung, vier Wochen Resturlaub und dann jahrelang Arbeitslosengeld. Unsereins reißt sich den Arsch auf und kriegt gar nichts.»

Stella vernimmt das mit einer gewissen Genugtuung. Lange genug hat sie sich anhören müssen, dass auf dem freien Markt viel mehr zu holen sei als mit Arbeitsvertrag und Festgehalt. Ganz antizyklisch ist sie persönlich nämlich ziemlich zufrieden. Seit einem halben Jahr arbeitet sie für eine kleine Agentur in Kreuzberg und macht die PR für ein kalifornisches Surf-Label und eine Jeansfirma, die ihre Stoffe angeblich auf Originalwebstühlen aus den vierziger Jahren herstellt. Das Gehalt ist nicht besonders hoch, doch die Arbeit macht Spaß.

«Prost, Kinder», ruft sie, bevor das Ganze in eine Grundsatzdiskussion über die Ungerechtigkeit des Sozialsystems oder das Freiberuflerunwesen an sich abdriftet. «Übrigens will ich wieder zum Sport gehen. Wer kann was empfehlen?»

Tatsächlich machen alle irgendetwas. Die eine schwört auf Yoga-Hermann, die andere auf einen süßen Trainer, das besonders große Schwimmbad, den Bauchworkout, den Wellnessbereich oder die Saftbar, so als wollten sie sich mit Judo oder Pilates auf den großen Verteilungskampf vorbereiten, der Deutschland heimsuchen wird. Natürlich bekommen alle aufgrund ihrer Beziehungen oder Presseausweise Sonderkonditionen in den Clubs, trotzdem findet Stella, dass es mit der Verelendung der Kreativen nicht so weit her sein kann, solange die, ohne mit der Wimper zu zucken, monatlich hundert Euro und mehr fürs Fitness-Studio hinblättern.

«Holmes Place allerdings», bemerkt eine frisch entgiftete DJ-Bookerin, die schon den ganzen Abend demonstrativ an ihrer Diet-Coke nippt, «würde ich dir nicht empfehlen. Da sehe ich dauernd den guten Felix. Oder seid ihr wieder *lieb* zueinander?»

Sind sie nicht. Stella übergeht die Spitze, doch eine Frau, die niemand eingeladen hat und von der Stella nur weiß, dass sie immer mit einem Mikrofon dort herumlungert, wo Prominente hineingehen, hakt nach: «Vorabendserien-Felix? Ach was? War da mal was zwischen euch? Na ja, 'nen guten Body hat er. Gibt's ja oft genug zu sehen, wie er aus der Dusche kommt…»

Stella überhört auch diese Bemerkung geflissentlich. Sie hat nicht vor, sich provozieren zu lassen. Genauso wenig, wie sie vorhat, sich in irgendeiner Form mit Felix zu befassen.

«Aber das nützt auch nichts mehr», mischt sich eine Storylinerin von *Straßen der Sehnsucht* ein. «Das ist so ein Junge, dem die Leute so lange erzählt haben, dass er hübsch ist, bis er angefangen hat, selbst daran zu glauben. Und Selbstgefälligkeit steht solchen Typen nicht. Man mag sie nur, solange sie nicht wissen, dass sie hübsch sind.»

«Weiß nicht», sagt Stella leicht dahin, so als würde es ihr nichts bedeuten. «Er ist ein netter Kerl. Ich freue mich, wenn es ihm gut geht.»

Auch darauf hat die Storylinerin eine Antwort.

«Fragt sich, wie lange noch. Ich finde, die Figur ist auserzählt. Ein Fahrradkurier, der es in zwei Jahren zum Facharzt bringt, also please! Wenn's nach mir ginge...»

Stella ist froh, als in diesem Moment die Tür aufgeht und zwei Männer mit blonden Perücken und viel zu engen Blusen am Türsteher vorbeistürmen und, in der offensichtlichen Absicht, sich interessant zu machen, mit Spielzeugpistolen herumfuchteln. Es sind der Freund der Entgifteten und ein Typ, der mal einen Film über Staub gemacht hat. Sie sind ziemlich breit und kommen, in lautem Falsett kreischend, an den Tisch.

«Hallo-oh! Dürfen wir mal Mäuschen spielen? So als Frauen ehrenhalber?»

Die Stimmung schlägt von anfänglich erbostem Gemurmel in begeisterte Fraternisierung mit dem anderen Geschlecht um, als die Jungs Champagner ordern.

Stella nutzt einen Gang zum Klo, um sich unauffällig abzusetzen. Weil sie noch nicht müde ist, fährt sie auf einen Absacker in die

Paris Bar, dahin, wo sie niemanden zu treffen hofft. Aber irgendetwas muss heute in der Nähe los gewesen sein. Beim Reingehen läuft sie in Vera Magun, die sich gerade verabschiedet, und auch ein paar Nasen von der Modepresse sitzen herum. Warum, zum Teufel, war sie nicht eingeladen? Selbst wenn sie selbstverständlich nicht hingegangen wäre. Hanno John ist zu betrunken, um ihr Auftauchen noch zu registrieren. Er gräbt an einem einfältig dreinblickenden Mädchen herum, das deutlich zu jung für ihn ist. Du weißt doch, würde Stella ihm am liebsten zurufen, was herauskommt bei Praktikantinnen. Am Ende gibt es immer irgendwo Flecken.

Kapitel 3
Leas Entscheidung

Das Schicksal meint es nicht gut mit Lea Bernburg. Die attraktive Brauereierbin aus Frankfurt am Main verbringt nach einem Streit mit ihrem Mann Fabian eine Woche auf dem Gut ihrer Tante Margarete bei Frankfurt an der Oder. Tante Margarete, eine Frau von großer Herzensgüte, erkennt, dass ihre Nichte mehr zum Leben braucht als den oberflächlichen Glanz der hessischen Bankenmetropole und stellt Lea dem Verwalter Ernst Ötter vor. Zwischen der weltgewandten Lea und dem stillen Gutsverwalter entspinnt sich eine zarte Romanze, doch muss Lea der Geschäfte wegen zurück nach Frankfurt am Main. Ernst weiß nichts von ihrer Ehe, und sie will die Blitzscheidung.

Als Lea das Penthouse betritt, steigt ihr der Duft von Fabians After Shave in die Nase, und mit einem Mal ist alles wieder da: Die Demütigungen, der Streit auf der Dachterrasse und die andere Frau in seinem Hotelzimmer. Tränen rinnen ihre Wangen hinab, als sie die Swarowski-Kristalltier-Sammlung auf dem Kaminsims betrachtet – glitzernde Symbole ihres zerronnenen Glücks.

Ein Geräusch reißt sie aus ihren Gedanken. Fabian steht kalt lächelnd in der Tür: «Weißt du, Lea, was ich an dir mag? Dass es dir immer noch ein Stück schlechter geht als mir.»

«Fabian», sagt Lea ernst, «wir können so nicht weiterleben. Müssen wir uns denn das Leben zur Hölle machen? Ich werde gehen. Und zwar für immer.»

Er macht ein ungläubiges Gesicht. Dann fängt er sich und lacht böse: «Ich wüsste nicht, wie du das anfangen willst. Ich werde persönlich dafür sorgen, dass du in ganz Frankfurt nie wieder einen Job findest.»

«Ganz gleich. Irgendwie geht es schon weiter. Ich will ehrlich zu dir sein. Ich habe einen Mann kennen gelernt, mit dem ich mein Leben teilen möchte. Er weiß nicht, dass ich verheiratet bin. Wenn du mich je geliebt hast, musst du mich gehen lassen.»

Lea wickelt die Kristalltiere sorgsam in Seidenpapier und verstaut sie in ihrem Koffer, als das Klingeln des Telefons die angespannte Stille zerreißt. Sie stürzt zum Apparat. Fabians flache Hand (keine Blutergüsse) trifft sie hart im Gesicht, bevor er ihr das Telefon entreißt. Lea geht zu Boden und schluchzt. Aus dem Telefon dringen gedämpft besorgte Rufe.

«Sie hätten sich den Anruf sparen können», sagt Fabian. «Lea gehört mir.»

Dann reißt er das Kabel der Ladestation aus der Wand und pfeffert das Telefon in die Ecke. Mit einem Lächeln lässt er Leas Lieblingsfigur zerschellen – es ist ein Delphin. Bevor die Tür hinter ihm zufällt, wendet er sich ihr noch einmal zu.

«Glaub nicht, dass du so einfach davonkommst.»

Das Ganze geht noch fünf Werbepausen und gut sechzig Minuten so weiter, in deren Verlauf Fabian das gemeinsame kleine Kind entführt und seiner Frau das Familienunternehmen abspenstig zu machen versucht, was ihm, der unerschöpflichen Phantasie der Drehbuchautoren sei Dank, natürlich nicht gelingt. Schließlich befinden wir uns im großen TV-Roman am Donnerstag, dessen Hauptzielgruppe, Frauen zwischen Mitte dreißig und Menopause, es kaum goutieren würde, wenn ihre Identifikationsfigur Lea Bernburg am Ende die Gelackmeierte wäre.

Felix findet, dass er seinen Part recht gut gemacht hat für die paar Drehtage, und wählt mindestens zwanzigmal nacheinander die eingeblendete Nummer mit der Endziffer 1 für die Fortsetzung des Pilotfilms von *Leas Entscheidung*. Der Zuschauer, also die Frau zwischen Mitte dreißig und Menopause, kann sich mit der Endziffer 2 auch für *Schändlich ist die Nacht*, ein Drama im Rotlichtmilieu, das letzte Woche lief, oder mit der 3 für *Kalt erwischt* entscheiden, etwas Jüngeres, Lustiges für alle diejenigen, die die schlüpfrigen Sprüche aus *Sex and the City* nochmal auf Deutsch wiedergekäut haben möchten. Und darauf wird es wahrscheinlich hinauslaufen, vermutet Felix, auch wenn er sich das nur ungern eingesteht.

Ein Dallas im hessischen Bier- und Bankenmilieu braucht nun wirklich kein Mensch, und der Ton war so schlecht gemischt, dass man vor dem wabernden Soundteppich kaum ein Wort verstanden hat. War auch nicht nötig. Wer kommt überhaupt auf solche Ideen? Hat Hessen eine neue Fernsehförderung? Das gibt es ja, so Produktionsfirmen, die ihren Hauptsitz in Hannover oder auch Stuttgart haben, wo dann ein paar Sekretärinnen herumsitzen und die einzureichenden Förderanträge in zwölffacher Ausfertigung bearbeiten. Meistens wird dann die Postproduktion vor Ort gemacht.

Nicht sein Problem, denkt Felix, eine Fortsetzung ist unwahrscheinlich. Vielleicht geht es ja tatsächlich wieder mehr um Inhalte. Hanno deutete so was an, und tatsächlich klingt das logisch. Wenn die Leute sich nichts leisten können, ist Anspruch billig, das war ja nach dem Zweiten Weltkrieg genauso. Mit diesem neuen Ansatz allerdings ausgerechnet auf dem Meet and Greet nach der Produktpräsentation einer Faltencreme von Cindy Crawford anzukommen, das war wieder typisch Hanno, und Vera hatte sich die Bemerkung nicht verkneifen können, dass es bei einer Creme ja wohl eher auf die Inhaltsstoffe ankomme, und was den Inhalt selbst anbetreffe, höchstens auf dessen Menge im Verhältnis zum Preis.

Felix geht auf den Balkon und steckt sich einen Joint an. Es ist noch ein wenig hell draußen, ein rosiger Schein am Horizont, ist ja auch August, und angenehm warm, ein Abend, um irgendwo draußen zu sitzen, zu trinken und später mit irgendwem zu knutschen. Cindy musste natürlich früh zu Bett, in den Flieger nach St. Petersburg, Wien, Rom oder wo sonst sie ihre Creme noch promotet. Felix weiß auch nicht, was er erwartet hat, einen tollen Abend sicher nicht, aber irgendwie mehr, als dass sie nach einer Viertelstunde Geplauder mit ihrer Entourage verschwindet.

Er sieht nach unten auf die Straße, wo der Verkehr rauscht, und hält sich am Geländer fest. Wirklich schwindelfrei ist er nicht, eigentlich Quatsch, in ein Hochhaus zu ziehen, aber es ist schon besser geworden. Am Anfang ging es gar nicht, und er traute sich kaum auf den Balkon. Fünfundzwanzig Stockwerke unter ihm windet sich die Leipziger Straße sechsspurig in Richtung Alexanderplatz, vor ihm liegt der Gendarmenmarkt, die Museumsinsel, der Fernsehturm. Irgendwo Richtung Hackescher Markt kann man den Sportplatz in der Gärtnerstraße erkennen, und dahinter, wenn man's weiß, sogar ein Fenster von Stellas Wohnung. Er hätte auch in die Gärtnerstraße ziehen können, man hat es ihm angeboten, aber es musste ja dieser Plattenbaukasten sein, in den sie jetzt alle wollen. Wände raus, neuer Boden rein, Terrazzo oder teure Kacheln, und je höher, desto besser. So herrlich anonym finden das alle. Warum ist er eigentlich nicht in die Gärtnerstraße gezogen? Da ist es wenigstens gemütlich. Aber jeden Tag dieses Hindernisrennen beim Bäcker oder im Bioladen, «Hallo, Stella, wie geht's», wenn man sich dann doch über den Weg läuft. Dann schon lieber Hochhaus.

Felix muss früh raus. Er schnippt den Restjoint vom Balkon, schiebt die Tür zu und fragt sich, was los ist mit ihm. Alles bestens: Er war im großen TV-Roman am Donnerstag zu sehen, er hat eine Veranstaltung mit Cindy Crawford moderiert, und die Wohnung ist fast fertig. Man könnte es Erfolg nennen. Eigentlich müsste sich das besser anfühlen.

Kapitel 4 Mutmaßungen über Donatella

Das arme Kind, wie es daliegt, verkrümmt, geschunden sein verletzlicher kleiner Körper! Und dann die blutigen High Heels, das gellende Lachen und die hasserfüllte Fratze dieser Frau, umrahmt von dünnen weißblonden Strähnen, die im Wind wehen und ihrem Antlitz etwas Medusenhaftes verleihen. Das ist grauenhaft und abscheulich! Jemand muss diese Person aufhalten, bevor sie noch mehr Unheil anrichtet! Immer wieder tritt sie mit den spitzen Metallabsätzen auf den leblosen Körper ein und gibt dabei ein gutturales Gurgeln von sich, das sich, als Hanno näher kommt, als Schimpfkanonade auf Italienisch entpuppt. Jetzt hat sie ihn bemerkt, lässt von der Kleinen ab und nähert sich mit einem Fauchen, die Klauen mit den langen, künstlichen Fingernägeln gefährlich gespreizt.

«Porca puttana», zischt sie ihn an, und man sieht nur noch das Weiße in ihren Augen. «Vaffanculo!»

Hanno tritt augenblicklich die Flucht an. Dabei rutscht er auf einer grell gemusterten, seidenen Tagesdecke aus, die achtlos auf der Marmortreppe zum Pool liegt, und fällt und fällt und fällt. Es ist dunkel und still, das eiskalte Weltall, der ewige Schlaf, der Tod – ein Wimpernschlag in Raum und Zeit. Und dann: ein Piksen in seiner Seite.

«Was ist los?», fragt eine Stimme von weit her durch das Dunkel. «Geht's dir nicht gut? Du hast geschrien, als sei der Leibhaftige hinter dir her.»

«Nicht der Leibhaftige, viel schlimmer. Ich habe schlecht geträumt», murmelt er. «Donatella Versace hat ein Kind totgetrampelt.»

Hanno schiebt die Schlafbrille hoch, entfernt die Ohrstöpsel und blinzelt in den Morgen. Er liegt gefährlich nah am Bettrand, eine halbe Drehung noch und er wäre draußen. Mühsam robbt er sich rüber zur Mitte, in Richtung der Hand und der Stimme und der daran hängenden Praktikantin, die vertraulich auf ihn zugerollt kommt. Er hofft inständig, dass sie jetzt nicht kuscheln will. Schlafen unter einer Bettdecke geht für ihn schon seit längerem nicht mehr, Hanno bekommt bei nächtlichem Körperkontakt Schweißausbrüche und einen undefinierbaren Juckreiz. Besonders schlimm ist die bei Frauen beliebte Löffelchenstellung, und auch der morgendliche Austausch von Zärtlichkeiten wird ihm zunehmend unangenehm. Doch die Praktikantin schlägt die beiden Decken übereinander, und Hanno spürt die Wärme und das Wühlen und wie sich etwas – die Hand wieder, was sonst – unerbittlich auf ihn zuschiebt, um zielsicher in seiner Magengegend zu landen. Hanno mag seinen Bauch nicht; er mag es auch nicht, wenn andere ihn mögen. Schlimmer noch: Er glaubt, dass sie nur so tun als ob, so wie man sich Rollstuhlfahrern gegenüber immer ganz unbefangen verhält, so als sei alles ganz normal, damit sie sich nicht behindert fühlen. Hanno springt mit einem Satz, den man einem Mann seiner Körperfülle nicht zutrauen würde, aus dem Bett und legt sich ein schwarzweißes Versace-Badetuch in Hochflausch mit Mäanderrand um die Hüften.

«Das geht jetzt gar nicht», sagt er unwillig. «Ich muss ins Büro. Wir haben unser Montagsmeeting. Da muss ich pünktlich sein.»

Der Termin ist zwar erst um eins, doch das weiß sie ja nicht.

«Aber», hebt die Praktikantin an.

Aber was? Es war so schön mit uns? Wir könnten nochmal schnell? «Aber ... es doch *deine* Agentur.»

Darauf fällt Hanno erst einmal nichts ein. Natürlich könnte er anrufen und alles verschieben. Hat er schließlich früher auch schon gemacht.

«Ebendeshalb.»

Die Praktikantin sieht ihn an, als hätte er sie nicht mehr alle, und sucht ihre Sachen zusammen, während Hanno rasch im Bad verschwindet. Er ist ganz schrumpelig geduscht, als sie nach einer langen Viertelstunde endlich geht, nicht ohne ihm durch die geschlossene Tür zuzurufen, dass er total gestört sei. Hanno tut, als habe er sie falsch verstanden.

«Ja super!», ruft er fröhlich. Endlich fällt ihm ihr Name ein. «War nett, Claudine. Wir sehen uns dann bald mal!»

Er frottiert sich trocken und schmeißt einen Batzen Handtücher in die Waschmaschine. Hermès, Louis Vuitton, die geklauten von den schicken Hotels und immer wieder Versace. Ist diese Üppigkeit der Muster nicht genauso unzeitgemäß wie seine eigene? Diese Wampe, diese Stampfer! Können Männer Orangenhaut kriegen? Fast sieht es so aus. Hanno fühlt sich plötzlich wie ein schweres, unförmiges Tier, und ein Gefühl des Scheiterns bemächtigt sich seiner.

Alles Dreck! Nur die Russenmafia trägt Versace, und thailändische Nutten tragen Versace-Fakes aus Bangkok! Immer wieder Animal Print und Medusenhäupter. Sind Logos nicht total out, ist das Versace-Logo nicht total out? Ist das noch Nineties oder eher sogar Eighties? Und wenn es Eighties ist, ist es dann noch oder schon wieder in oder gerade vorbei? Die achtziger Jahre waren Gold und Schwarz und breite Schultern, die Neunziger eine Melange aus Techno, neuer Bescheidenheit und Internetblase. Aber wie definiert man die nuller Jahre oder wie sie heißen? Fassen Sie die nächsten drei Jahre in einem Satz für den Kunden zusammen. Hanno hat es oft genug auf den Punkt bringen müssen, aber jetzt fällt ihm nichts mehr ein.

Und wieso träumt ein Mensch von Donatella Versace? Das hat etwas zu bedeuten. Warum die plötzliche Obsession mit dieser Frau? Irgendwas ist vorgegangen, irgendwas hat sich verändert an Donatella. Hanno muss ständig über sie nachdenken, seit er in der *Gala* eine Home Story von ihrem Haus am Comer See gesehen hat. Da war, zwischen all dem überladenen Chichi, den Statuen, den Kordeln, Troddeln, den Seidenkissen und Venini-Vasen doch tatsächlich Donatella Versace in einem Badeanzug zu sehen.

In einem Badeanzug! Vielleicht wollte sie beweisen, dass es sie wirklich gibt, mit einem Körper, den man berühren kann und der irgendwas empfindet wie Blähungen oder Hunger, nicht nur dieses von allem abgekoppelte, beileibe nicht sehr anziehende Gesicht, das es neuerdings sogar, eingerahmt von Arabesken, auf T-Shirts zu kaufen gibt. Entweder ist die Frau komplett größenwahnsinnig, oder sie hat Sinn für Humor. Dieses Gesicht auf einem T-Shirt! Wer soll so was anziehen, außer ein paar durchgeknallten Schwulen?

Alles, was es früher von Donatella in der Presse zu sehen gab, war der Kopf. Hanno hatte sich dazu einen plumpen, kleinen Körper vorgestellt, umhüllt von weiten Glitzerkaftanen, ganz Kopf, die Frau, und verbissener Ehrgeiz, und jetzt steht sie da, zierlich, winzig und verletzlich, so als hätte man den Kopf einfach auf einen falschen Körper geschraubt, so als wolle sie sagen: Da bin ich, ich kann nicht nur Puff Daddy, Pardon: P. Diddy, J Lo, Elton und Madonna anziehen, ich bin eine Frau! Natürlich zu Tode retuschiert das Ganze, der Körper wirkt wie geairbrusht, aber immerhin. Es ist das, was Donatella Versace sich unter echt und natürlich vorstellt.

Aber warum stellt sich eine erfolgreiche Modedesignerin halb nackt in der *Gala* aus? Verbirgt sich dahinter eine neue Marketingstrategie? Will sie sagen: Auch wenn du dir nur einen Badeanzug aus meiner Kollektion leisten kannst, bist du dabei? Hat sie einen neuen Fitnesstrainer und will zeigen, dass man auch noch mit fünfzig eine gute Figur haben kann? Oder will sie einfach nur sagen: Hab mich lieb?

Donatella Versace ist alles zuzutrauen, und Hanno kann es egal sein. Schließlich arbeitet er nicht mit ihr. Leider, muss man sagen, denn das Luxussegment boomt. Wer sein Geld rechtzeitig in LMVH-Aktien angelegt hat, ist ein gemachter Mann. Aber angesagt ist Luxus auch nicht, ebenso wenig wie Understatement, Vintage, Strass, der Islam, Sushi, Neonfarben, Inline-Skaten, die SPD, der Krieg oder Mariah Carey.

Was für eine Zeit! Die ewigen Wahrheiten, dass in sein in ist und out ist, was man kennt, haben ihre Gültigkeit verloren. Vielleicht geht es wirklich wieder mehr um Inhalte? Man sollte das mal so in den Raum stellen. Dann ist nicht das Produkt schuld, sondern die Stimmung. Hanno dreht sich der Kopf, und dann kommt es ihm. Er hat es! Das klingt gut! Das kann man verkaufen! Das ist die Devise! Das Gefühl der beginnenden nuller Jahre, zusammengefasst in nur drei Worten, heißt: Alles ist out!

Kapitel 5
Das Dünne und das Böse

Ob Paffendorfer selbst dem Bild den Namen gegeben hat, lässt sich heute nicht mehr belegen, doch der lakonische Titel scheint so perfekt zu dem Sujet zu passen, dass Kataloge und Werkverzeichnisse ihn übernommen haben. Wie kaum ein anderes vereint *Das Dünne und das Böse* sowohl den absurden Humor als auch das Abgründige in Paffendorfers Werk, sodass es heute zu seinen bedeutendsten Arbeiten aus den achtziger Jahren gezählt wird.

Bei dem Doppel-Selbstporträt handelt es sich um eine Variante des Dr. Jekyll & Mr. Hyde-Themas. Ein magerer, halb nackter Mann steht mit hängenden Schultern und leerem Blick vor einem angedeuteten Spiegel. Dabei fällt auf, wie weltverloren der Maler sich hier abbildet. Der Torso hat keinerlei Spannung, ein bleicher, entsexualisierter Leib. Am meisten verstört jedoch, dass der Betrachter zwar den Spiegel sieht und davor den Künstler, doch das Spiegelbild selbst kaum zu erkennen ist. Es ist in Umbrabraun und Schwarz modelliert und dabei so dunkel, dass Paffendorfers Züge – erst recht sein Blick – fast unidentifizierbar bleiben. Zugleich wird er aber, wie der gesamte Oberkörper, von einer Aura umgeben.

Aller Verdüsterung zum Trotz gehört gerade das im Spiegelbild auftauchende Gesicht zu den virtuosesten Partien. Die Augen scheinen aus dem Bild hervorzutreten, und die Clownsnase ist nicht etwa Sinnbild kindlicher Freude, sondern ein Verweis auf jene Filmmonster, die in unserem Kopf ihr Unwesen treiben. Das Schreckliche versteckt sich hinter der Maske des Alltäglichen und Banalen.

Tendenziell eigen ist dem Künstler ein Gang durch die Wüsten des Menschseins, von einer fast naiven Durchschnittlichkeit bis hin zur grotesken Entgleisung. Die Faszination Paffendorfers liegt in der künstlerischen Fähigkeit, den Menschen als eine Summe von Einzelheiten und nicht als Amalgam fest gefügter Charaktereigenschaften zu beschreiben.

Dass Paffendorfer einige Bilder einem Kinomaler in Auftrag gab, statt sie selbst zu malen, dass er in einer Band spielte, in Filmen mitwirkte, als Innenarchitekt und Designer arbeitete oder Teilhaber eines Restaurants in Miami war, macht ihn zum Protagonisten postmodernen Lebens. Er ist Leitfigur für eine jüngere Generation, die genug hat vom elitären Künstlergehabe.

Hochzufrieden überfliegt de Boer die Zeilen ein letztes Mal und mailt sie dann an die Redaktion. Gerade die richtige Mischung von wohlklingenden Worthülsen. Sein Text wird mit einer Abbildung des Werkes in einer überregionalen Zeitung unter der Rubrik *Kunst und Mensch – Der Sammler und sein Bild* erscheinen. Dazu ein Kurzporträt über ihn, geschrieben von irgendeiner Edelfeder, die extra aus Frankfurt eingeflogen kam. Ein Foto zeigt Dr. Wilfried de Boer, den Anwalt und Kunstliebhaber, milde lächelnd, die Personalunion aus Business und Bohème.

Am Morgen war die Kunstspedition da, Männer mit weißen Baumwollhandschuhen, die das Bild sorgfältig und äußerst gemächlich in Luftpolsterfolie verpackten. Die Retrospektive im Museum Ludwig wird sich zweifellos wertsteigernd auswirken. Der aktuelle Boom ist offenbar weder durch Kriege noch Börsenkrisen zu bremsen, da jetzt auch die Amerikaner alles kaufen, wo Paffendorfer draufsteht. Seit die *Junge Schimäre* bei der Auktion in New York die

Millionen-Grenze geknackt hat, scheint alles möglich. Kein Vergleich zu den gerade einmal fünfstelligen DM-Preisen, zu denen selbst großformatige Bilder noch vor ein paar Jahren zu haben waren.

Und der Rummel um die Biographie, die zum Herbst angekündigt ist, heizt die Phantasie der Sammler und Museen zusätzlich an. Viel Ruhm und viel Geld für jemanden, der zu Lebzeiten gelegentlich Stütze bezog. De Boer hat sich manchmal gefragt, ob er Paffendorfer wohl gemocht hätte, und ist zu einem wenig überraschenden Ergebnis gekommen. Höchstwahrscheinlich hätte er ihn verachtet.

De Boer sieht die Post durch und verharrt bei einem blassblauen Umschlag, auf dessen Rückseite sich in goldenem Prägedruck die Initialen VM ineinander verschlingen. Schon das Logo ruft ein gewisses Unbehagen bei ihm hervor, der Inhalt des Briefes noch mehr. De Boer greift zum Telefon.

«Warum haben Sie mir nichts von dem Schreiben von Frau Magun gesagt?», blafft er in den Hörer. «Die Nachricht ist mehr als zwei Wochen alt. Ich hätte davon wissen müssen.»

Die Tür öffnet sich und Alexa kommt herein.

«Ich dachte, es sei nicht so wichtig», sagt sie. «Erst erzählte sie mir eine halbe Stunde lang von ihrem Wasserrohrbruch, um mir dann zu sagen, dass sie sich selbst darum kümmern werde, ich solle Sie im Urlaub nicht behelligen.»

«Das kann ich mir lebhaft vorstellen, dass sie das nicht wollte. Versuchen Sie einen Termin mit ihr zu machen. Und zwar möglichst bald.»

Alexa steht einen Moment unschlüssig herum und zieht sich dann wieder in ihr Vorzimmer zurück, da de Boer sie offenbar nicht mehr braucht.

De Boer springt auf und sieht aus dem Fenster. Man kann nur hoffen, dass es sich wieder einmal um falschen Alarm handelt, doch die Wahrscheinlichkeit, dass wirklich etwas passiert ist, ist denkbar gering. Nicht auszudenken, wenn alles tagelang unter Wasser stünde. Wenn die Magun allerdings wirklich Arbeiten durchführen ließe, würde sie fast zwangsläufig drüber stolpern. Oder auch nicht. Diese Frau ist so beschäftigt mit ihren armseligen, kleinen Betrügereien, dass sie gar nicht ahnt, auf welchem Schatz sie sitzt. Sie würde es nicht erkennen, wenn man sie mit der Nase darauf stieße. Trotzdem muss er sich Gewissheit verschaffen. In ihrer kleinkarierten Gier ist sie womöglich imstande, echten Schaden anzurichten.

Er geht ans Telefon und wählt eine Nummer aus seinem privaten Filofax.

«De Boer hier», sagt er in den Hörer. «Ich müsste die Tage einmal vorbeikommen. Sind Sie so nett und rufen mich an, wenn Frau Magun außer Haus ist?»

Kapitel 6
Kryolan Ultra Foundation MB 2

Zwölf Uhr mittags in Potsdam-Babelsberg: Draußen auf dem Parkplatz stehen ein paar unschlüssige Fans, die Rucksäcke zu ihren Füßen, und palavern, ob sie sich nun trauen sollen, die Frau in dem Glaskasten, über dem groß das SDS-Logo prangt, zu fragen, ob sie reinkommen dürfen oder nicht. Dürfen sie natürlich nicht. Draußen ist es heiß, genau wie drinnen im Studio, und zwischen den Szenen müssen die Darsteller immer wieder zum Abpudern in die Maske.

Felix ist erst nach der Mittagspause dran und hat die Augen fast geschlossen. Er tut, als sei er eingenickt. In Wahrheit beobachtet er die Maskenbildnerin, die mit einem kleinen Schwämmchen und routinierten Tupfbewegungen Kryolan Ultra Foundation MB 3 auf sein Gesicht aufträgt.

Sie ist ein freundliches, etwas fülliges Mädchen mit einem kleinen Grinsekatz-Tattoo auf der rechten Schulter und wirkt mit den fleischigen Armen und ihrer feinen Porzellanhaut fast puppenhaft. Nur der Schweißtropfen, der über ihre Stirn läuft, zerstört den Eindruck einer gewissen Leblosigkeit. Der Job bei *Straßen der Sehnsucht* ist ihr erster nach der Ausbildung. Felix vermutet, dass sie hier auch mindestens fünf Jahre bleiben wird, so lange, bis sie es mit dem Rücken kriegt oder den Aufnahmeleiter oder Innenrequisiteur heiratet und schwanger wird. Sie ist eine von denen, die zufrieden sind, die sich freut, wenn sie feste Arbeitszeiten hat und einen Urlaubsanspruch. Was ihn besonders fasziniert, ist die Art wie sie ihn ansieht, wenn sie sich unbeobachtet glaubt. Manchmal schiebt sich unbewusst die Zungenspitze zwischen ihre Zähne, und sie wischt sich mit dem Handrücken eine Haarsträhne aus dem Gesicht. Sie ist völlig konzentriert, doch es geht nur um die Arbeit, nicht um irgendetwas darüber hinaus und schon gar nicht um ihn. Von der Muse geküsst ist die Kleine wirklich nicht. Es wirkt, als würde sie ein Osterei bemalen.

Es gibt auch andere, die schnellen Mädchen, die was erleben wollen. Man merkt es ihnen gleich an, wenn sie neu sind, ihren unruhigen Blicken, mit denen sie alles abchecken, ihren gezielten Fragen und den kleinen Flirts. Meistens sind sie nach drei Monaten wieder weg, und sie werden auch nicht gern genommen, aber Felix mag sie, so wie er alles mag, was von draußen kommt.

«Die anderen nehmen Nr. 2», sagt Felix plötzlich. «Das hier macht mich zu blass.»

Die Maskenbildnerin fährt kurz zusammen, wechselt folgsam den Make-up-Stift und tupft weiter. Felix hat morgen noch einen Außendreh und danach eine Woche frei. Im nächsten Block ist er nicht dabei, und dann kommen auch schon die Weihnachtsfolgen, die Anfang September produziert werden. Gefühlsmäßig ist das Jahr danach vorbei, man befindet sich in einem Loop aus gedrehtem, gefühltem und realem Jahresende, der die Adventszeit auf drei Monate verlängert. Da die Tage kürzer werden und man die ganze Zeit im Studio verbringt, hangelt man sich anhand von Datum und Uhrzeit durch das tote Restjahr.

Dieses Jahr verspricht allerdings noch einmal spannend zu werden. Im Dezember kommt die zweitausendste Folge, direkt danach Silvester, und man munkelt am Set von einem geplanten Big Bang. Was die Futures anbetrifft, gibt man sich von Seiten der Produktion geheimnisvoll. Die Septemberdrehbücher seien noch nicht fertig, heißt es.

Felix hat ein paar kurze Szenen in der Arztpraxis, zu der er es in knapp zwei Jahren Seriendasein ganz ohne Studium gebracht hat. Seinen Job als Fahrradkurier, so erfuhr der Zuschauer irgendwann, macht er nur, da er aufgrund des gewaltsamen Todes seines Vaters, der ein berühmter Wissenschaftler war, traumatisiert ist und Angst vor dem zweiten Staatsexamen hat. Rassige Psychologin verführt ihn, Trauma geheilt, Examen bestanden, fertig ist der Facharzt. So schnell kann das gehen.

Felix fühlt sich leer oder eher wie mit weichem Teig gefüllt, eine formlose Masse, zusammengehalten von einer Hülle, so wie Insekten von einem Chitinskelett. Die Kostümbildnerin zuppelt an ihm herum, steckt ihm einen Kugelschreiber in die Kitteltasche und drückt ihm einen Rezeptblock in die Hand. Am Set in der Sprechzimmerdeko geht Cora bereits siegessicher auf und ab. Sie ist die Vertreterin einer dubiosen Pharmafirma, die ihn mit dem Vorwurf zu erpressen sucht, er habe sie betäubt und sich dann an ihr vergangen.

«Du wirst mit uns zusammenarbeiten», sagt sie triumphierend, «ob du willst oder nicht. Sonst wirst du deine Approbation verlieren. Und das wollen wir doch schließlich alle nicht.»

Sie lacht tückisch in sich hinein.

«Niemals werde ich eure Todespillen an meinen Patienten testen», gibt Felix mit tuntigem Tonfall zurück. «Und mit der Vergewaltigung kommst du nicht durch. Das glaubt dir keiner. Weiß doch jeder, dass ich nicht auf Weiber stehe.»

Cora starrt ihn fassungslos an und schnappt nach Luft.

«Aus, aus, aus!», schreit der Regisseur. «Sag mal, hast du sie noch alle?»

Ein paar Leute kichern verhalten, einer klatscht, doch die meisten finden's gar nicht komisch.

«Okay. Sorry», entschuldigt Felix sich. «Blöder Scherz. Ich weiß auch nicht, was in mich gefahren ist.»

Der Regisseur schüttelt genervt den Kopf und spricht kurz mit dem Kameramann.

«Cora und Felix auf Anfang. Take zwei. Und bitte!»

Felix mimt den Kerlig-Sensiblen, wie man es von ihm erwartet.

Später am Abend steht er mit einem Bier im Magnet-Club am Tresen und sieht zu, wie Hertha verliert. Er ist froh, dass die Leute auf die Großbildwand sehen und nicht auf ihn. Irgendwie haben sie immer das Gefühl, ihn zu kennen. Meistens glauben sie, man hätte sich auf einer Party getroffen, er würde irgendwie zu ihrer Branche gehören oder in einem Club arbeiten. Doch oft genug sieht er es in ihren Augen aufblitzen: diesen Moment des Erkennens, das halb mitleidige «Ach mein Gott, das ist ja Dr. Borg». Dailys sind offenbar gerade nicht so angesagt. Es ist schon verdammt schwer, ein cooler Soap-Darsteller zu sein. Felix will sich gerade wegdrehen, weil ein Mädchen ihn zu lange fixiert, als er bemerkt, dass er sie kennt. Sie ist eine Angestellte von Hanno, und sie haben mal bei einem Essen nebeneinander gesessen.

«Hi, Isabell», sagt er und stellt sich neben sie. «Wie geht's?»

«Gut», sagt sie, «und dir?» Ohne eine Antwort abzuwarten, spricht sie weiter. «Eigentlich dürfte ich dir das ja nicht erzählen, aber wir machen gerade Zielgruppenbefragungen für SDS und werten die Umfragen der GfK aus. Du bist doch ein Freund von Hanno. Ich meine, wenn es dich interessiert ...»

Die GfK ist die Gesellschaft für Konsumforschung. Einmal im Jahr werden im Auftrag des Senders Erhebungen durchgeführt, die das Zuschauerecho testen, wie die einzelnen Figuren beim Publikum ankommen und welche Richtung die Serie in Zukunft nehmen soll. Es wird immer ein großes Buhei darum gemacht. Ob es ihn interessiert? Was für eine Frage! Natürlich interessiert es ihn!

«Du bist ein Schatz», sagt er und küsst sie auf die Wange.

Kapitel 7
Am Anfang war das Ei

Vera sieht sich an diesem Morgen eine Ausstellung über Fabergé-Eier im Vitra-Design-Museum an. Die Exponate werden sehr ansprechend in einem verdunkelten Raum präsentiert und drehen sich in Vitrinen auf Samtkissen mit Troddeln. Aufklappbare Eier aus emaillierten Edelmetallen, wie sie die Zarenfamilie ihren Verwandten zu schenken pflegte, besetzt mit Juwelen und irgendwelchen zickig ziselierten kleinen Preziosen drin: Figürchen aus Gold, Blüten aus Juwelen, mit Perlen besetzte Korallenzweige, lauter überflüssiges Zeug. Hübsch anzusehen und vollkommen nutzlos. Man kann sich die Dinger noch nicht einmal umhängen. Vera stellt sich vor, wie sie mit einem Fabergé-Ei um den Hals oder, besser noch, auf dem Kopf aussähe. Einfach lächerlich. Auf der anderen Seite – für ein Foto vielleicht. Schließlich hatte sie auch schon Federn, Blumen, Obst und Hüte aller Art auf dem Kopf. Eier allerdings, da muss man sich nichts vormachen, sind nicht besonders bühnenwirksam. Aber wenn man das Ei als Deko vergrößerte, mit ihr als lebendigem Schmuckstück, das heraussteigt wie die schaumgeborene Venus aus der Muschel?

Was wohl Archäologen oder Außerirdische dereinst von Fabergé-Eiern halten mögen? Vermutlich werden sie denken, es handele sich um Kultgegenstände und die Menschen hätten eine Art Eierreligion gehabt. Das Ei als die Quelle allen Lebens.

Vera verliert sich zunehmend in der Idee eines monumentalen Ausstattungsfilms – Eierdiademe, kleine Goldeier als Währung, ein gigantisches Fabergé-Stonehenge mit ihr als Hohepriesterin in wallenden Gewändern –, als die Ausstellung auch schon zu Ende ist. Leider werden solche Stoffe heutzutage nicht mehr produziert. Lana Turner in *Tempel der Versuchung* hatte es da besser.

Vera tritt ins Foyer des Museums und schiebt die Sonnenbrille herunter. Außer ihr interessieren sich an diesem Morgen nur zwei ältere Frauen mit Jerseyhosen und aufgeschwollenen Föhnfrisuren für die hohe Juwelierskunst und ein farblos aussehender Mann, der sie anstarrt, als habe er eine Erscheinung.

«Vera, ßie hier!», sagt er und greift ihre Hand.

Jetzt weiß sie, wer er ist, zu spät, um sich unauffällig zu entfernen. Es ist das hässliche Brillengestell, das fehlt und woran sie ihn normalerweise erkennt. *Das Reptil*, Vorsitzender ihres Fanclubs und Betreuer einer von ihr autorisierten Homepage, lässt ihre Hand nicht wieder los.

«Wissen ßie, wie dießer dicke Frißeur ßie genannt hat vor ßeiner Putßfrau?», zischelt es empört. «ßie müssen wissen, meine Schwägerin putßt bei ihm...»

Vera zuckt mit den Schultern.

«Die Marika Rökk deß vierten Reichß. Ich habe ihm außrichten lassen, dass ich daß reßpektloß finde.»

«Das ist gut so.» Vera tätschelt den Arm *des Reptils* und reißt sich los. Ein ekelhaftes Speicheltröpfchen ist auf ihrer Wange gelandet. «Vielen lieben Dank. Wir sehen uns nächste Woche bei unserem kleinen Tête-à-Tête.»

Einmal im Monat kommt *das Reptil* vorbei, um Fanpost und die Presse zu bringen. Dem Mann entgeht nichts, und im Gegensatz zum Ausschnittdienst ist er kostenlos. Sie zwinkert verschwörerisch. «Termine», sagt sie geheimnisvoll und entfernt sich mit großen Schritten.

Vera winkt ein Taxi herbei. Seit sie aufgrund zunehmender Nachtblindheit das Autofahren endgültig aufgegeben hat, entdeckt sie zwar zum ersten Mal in ihrem Leben den Reiz öffentlicher Verkehrsmittel – man lässt sie in Ruhe, weil sich niemand vorstellen kann, dass es wirklich sie ist, die da in der S-Bahn sitzt –, doch heute hat sie es eilig. Während im Schritttempo des üblichen Mittagsstaus der Potsdamer Platz und die Leipziger Straße an ihr vorüberziehen, visualisiert sie die möglichen Wendungen der kommenden Unterhaltung, bis sie bemerkt, dass der Taxifahrer sie komisch ansieht. Vermutlich hat sie wieder einmal halblaut vor sich hin gemurmelt.

«Texte lernen», sagt sie, und der Mann nickt verständnisvoll. Der Wagen biegt links in die Friedrichstraße. Unweit des Gendarmenmarktes lässt Vera sich in einer Seitenstraße vor einem repräsentativen Altbau absetzen. Sie strafft ihren Körper, schiebt die Schultern zurück und marschiert hoch erhobenen Hauptes in die Höhle des Löwen.

Die Kanzlei Wörner, de Boer & Partner gründet ihren erstklassigen Ruf auf lukrative Vertragsabschlüsse, die sie für Klienten aus dem Medienbereich ausgehandelt hat. Privat ist Dr. Wilfried de Boer Justitiar der Freunde der Nationalgalerie, Mitglied im Auswahlgremium der Art Basel und auch der Rockefellerstiftung verbandelt, ein durchtrainierter Enddreißiger mit Hochkultur-Ambitionen, für den Vera nicht mehr darstellt als den gammeligen Bodensatz der Unterhaltungsbranche.

Vera macht sich über de Boers Wertschätzung ihrer Person keinerlei Illusionen, die Abneigung beruht auf Gegenseitigkeit. Für sie ist er einer von diesen Typen, die irgendwann doch vor einem Untersuchungsausschuss landen werden, weil sie ein paar hundert Millionen Euro veruntreut haben. Da die Kanzlei jedoch Reza vertritt und de Boer sein Bevollmächtigter ist, wird sie bis auf weiteres nicht um ein gutes Verhältnis zu ihm herumkommen.

«Einen Moment, bitte», sagt das Mädchen am Empfang und lächelt verbindlich. Sie trägt ein schlichtes, ärmelloses Leinenkleid in Korallenrot und um das Handgelenk ein Lederarmband von Hermès. «Nehmen Sie doch Platz. Möchten Sie etwas trinken?»

«Danke», sagt Vera und tut, als würde sie die Drucke an der Wand studieren. Das Mädchen ist neu hier. Vera würde sich an dieses Gesicht erinnern, das Gesicht eines Mädchens ohne Sorgen, nicht das einer Anwaltsgehilfin. Schulterlange schwarze Haare, eine leichte Bräune, nackte schlanke Beine in flachen Schuhen, Schönheit, die sich um nichts bemühen muss. Was hat eine Frau wie die hier im Vorzimmer verloren? Vera spürt, wie ein Stich der Eifersucht sie durchfährt. Sie muss hart arbeiten für ihr Aussehen: Diät, Gymnastik, Maniküre, Kleider, Spritzen, Make-up. Gut auszusehen ohne Aufwand ist eine andere Art von Schönheit, tröstet sie sich. In zwanzig Jahren sprechen wir uns wieder.

Das schöne Mädchen verschwindet hinter einer mit Palisander furnierten Tür und bittet Vera kurz darauf herein. Dr. Wilfried de Boer sitzt an seinem Prouvé-Tisch, hinter sich ein großformatiges Gursky-Foto vom Moskauer Flughafen, das wie alles in diesem Raum ein imaginäres Preisschild trägt, Möbel, die man schon zigmal in einer Interieur-Zeitschrift gesehen hat, pure Repräsentation, keine Spur von Phantasie. Aber dafür wird er ja nicht bezahlt.

«Herr Dr. de Boer», begrüßt Vera ihn strahlend, «es ist immer eine Freude, Sie zu treffen. Auch wenn der Anlass wieder mal ein lästiger ist.»

De Boer erhebt sich, kommt hinter dem Schreibtisch hervor und reicht ihr die Hand.

«Nehmen Sie Platz», sagt er betrübt. Er legt seine Stirn in Dackelfalten und macht einen übertriebenen Schmollmund. Einen weichen Mund hat er, mit vollen Lippen, der nicht in sein Anwaltsgesicht passt. «Meine Sekretärin deutete es schon an. Was ist denn diesmal passiert?»

«Ein Wasserschaden. Das Ventil der Hauptleitung zum Pool ist geborsten und hat die obere Etage unter Wasser gesetzt. Das Wasser ist nach unten durchgesickert, aber da ist der Schaden nicht so schlimm. Nur die Decke und die Tapeten. Ich denke, den Boden unten kann man drin lassen. Glücklicherweise bin ich rechtzeitig nach Hause gekommen, sodass wenigstens die Nachbarn verschont geblieben sind.»

Er hat keinen Hals, denkt Vera. Er sollte die Hemden offen tragen, aber sie hat ihn noch nie in etwas anderem gesehen als im Cool-Wool-Einreiher mit hellblauem Hemd und Krawatte in Dunkelblau oder Bordeaux. Alles betont unmodisch, eine Uniform, als hätte er keinen persönlichen Geschmack. De Boer schüttelt mit einem Ausdruck tiefer Bestürzung den Kopf.

«Schrecklich. Ganz schrecklich. Erst der Schwelbrand in der Küche, dann der ungeklärte Einbruch, als der Stromausfall die Alarmanlage lahm gelegt hat, und jetzt das. Eine wirklich traurige Verkettung von Unglücksfällen. Und ich nehme an, Sie haben die Unkosten wieder einmal ausgelegt?»

Jetzt kommt der kritische Moment. De Boer könnte auf einem Gutachten bestehen oder den Schaden selbst in Augenschein nehmen wollen.

«Sie wissen ja», sagt er auch schon inquisitorisch, beginnt auf und ab zu gehen und zieht seine Brauen zusammen, als befinde er sich in einem Kreuzverhör kurz vor Überführung der Angeklagten, «dass es eine Versicherung gibt, die für die Regulierung solcher Schäden zuständig ist. Ich habe Ihnen das schon beim letzten Mal gesagt.»

De Boer schlägt mit Hand auf die Tischkante und lässt seine Augen funkeln. Vera seufzt und sieht ihn hilflos an.

«Aber Herr Dr. de Boer!», entgegnet sie. «Sie wissen doch ebenso gut wie ich, dass es Monate dauern kann, bis die Versicherung ihre Sachverständigen schickt. Und bis irgendetwas reguliert ist, dauert es ein halbes Jahr oder länger. Ich dachte, Sie könnten sich um diese Details kümmern. Wie soll ich dort bis dahin leben? In einer feuchten Ruine – und dazu ohne Garderobe?»

«Die ist auch hinüber?» De Boer holt hörbar Luft.

«Natürlich nicht alles. Aber ein Großteil hing in dem Schrank. Direkt darüber verläuft die Hauptwasserleitung.» Vera öffnet ihre Handtasche und reicht de Boer die Auflistung der Kosten sowie einen Stapel Rechnungen, die dieser wortlos studiert. Sein Gesichtsausdruck wird immer frostiger. In aller Ruhe zündet Vera sich eine Zigarette an. Dann legt sie ihre Trümpfe auf den Tisch: «Es hätte ja viel schlimmer kommen können. Stellen Sie sich vor, was es gekostet hätte, wenn der ganze Pool ausgelaufen wäre. Außerdem, was hätte ich denn tun sollen? Ich habe fast zwei Wochen täglich versucht, Sie zu erreichen. Hätte ich alles verschimmeln lassen sollen?»

Diesem Argument wird er sich nicht verschließen können. Vera hat ja extra abgewartet, bis de Boer seinen lange angekündigten Urlaub auf den Seychellen antrat. Der Sekretärin gegenüber hat sie auf leicht verwirrt gemacht und alles so weit heruntergespielt, dass de Boer sich nicht bemüßigt fühlte zurückzurufen. Das wird ihm sicher nicht wieder passieren.

«12000 für Garderobe», rechnet de Boer, «47000 für die Trockenlegung und Neuverlegung des Bodens, 7000 für Malerarbeiten, 2500 für neue Rohre und den Klempner, 1500 für die Restaurierung des Florence-Knoll-Sideboards und 3500 für Hussen. Macht zusammen 73500 Euro.»

Er schüttelt sekundenlang den Kopf und starrt Vera dann vorwurfsvoll an.

«Ist das Ihr Ernst?»

«Wieso meiner?» Sie zuckt gleichgültig mit den Schultern. «Da müssen sie sich bei Herrn Tabrizi beschweren. Er hat eben einen exquisiten Geschmack.»

«Und was sind das für *Hussen* auf der Liste, wenn ich fragen darf?» De Boer spuckt das Wort *Hussen* förmlich aus. «Ich kann hier keine Rechnung für *Hussen* entdecken.»

In dem Gefühl, endlich etwas gefunden zu haben, woran er sich aufhalten kann, lehnt de Boer sich zufrieden zurück. Vera macht ein ertapptes Gesicht. Diesen Posten hat sie eigens zu diesem Zweck eingebaut.

«Ja, die Hussen...», stottert sie und zieht nervös an ihrer Zigarette, «also, das sind die Bezüge für die Stühle im Esszimmer. Ich habe sie gerade erst bestellt. Deshalb gibt es auch noch keine Rechnung.»

«Dann bestellen Sie die *Hussen* wieder ab», sagt de Boer zufrieden. «Da kann Herr Tabrizi sich selbst drum kümmern, wenn er wieder da ist. Haben Sie etwas von ihm gehört?»

«Ja, schon», sagt Vera und schnieft wie kurz vor einem Tränenausbruch. «Wir haben nur ganz kurz gesprochen. Nächste Woche hätte unsere...», sie legt eine dramatische Schnäuzpause ein, «da hätte unser großer Tag sein sollen. Wir haben es verschieben müssen. Ich mache mir solche Sorgen. Vielleicht gibt es etwas, womit er mich nicht belasten will. Sie wissen auch nichts von irgendwelchen Problemen?»

De Boer gibt sich plötzlich väterlich. «Ich glaube, Sie machen sich da unnötig Gedanken. Sobald ich etwas höre, lasse ich Sie das wissen.»

Vera setzt das unschuldig-angstvolle Gesicht eines unter Wölfen ausgesetzten Comic-Kitzes auf. Eine Zeit lang sagt keiner etwas, und Vera wartet. Vorwurfsvoll schweigen, das kann sie gut. Und sie hat mehr Zeit als er. Schließlich gibt de Boer auf. Er ruft seine Sekretärin herein und bittet sie, einen Scheck vorzubereiten.

«Ich hoffe für Sie, dass jetzt Schluss ist mit diesen Unglücksfällen. Sonst komme ich langsam in Erklärungsnotstand.»

Vera schluchzt, trocken wegen der Wimperntusche, quittiert und verlässt das Büro. Draußen sitzt das hübsche Mädchen.

«Auf Wiedersehen, Fräulein …?»

«Nennen Sie mich Alexa.»

Vera wird das Gefühl nicht los, die Kleine schon mal gesehen zu haben. In einem ganz anderen Zusammenhang.

«Auf Wiedersehen, Alexa.»

«Auf Wiedersehen, Frau Magun. Bis bald.»

Das nun wohl kaum. So einfach wird de Boer es ihr nicht noch einmal machen. Nach Abzug der Zahlungen an die Firmen, die ihr die Rechnungen ausgestellt haben, bleiben ihr diesmal immerhin knapp über 40 000 Euro. Das dürfte vorerst für das Gröbste reichen.

Kapitel 8
Menschen am Sonntag

Felix verbringt das Wochenende in kontemplativer Untätigkeit, nur unterbrochen von einer lästigen Autogrammstunde bei Karstadt am Hermannplatz, wo im Dachgarten ein paar neue Merchandising-Produkte mit ihm als Stargast präsentiert werden. Felix' Gesicht auf einem Kaffeebecher, das Logo von *Straßen der Sehnsucht* auf einem Flakon, ein buntes SDS-Handy mit Bonuspunkten für Girls. *Exclusiv* hat versprochen zu drehen und kommt nicht, stattdessen nur die *Abendschau*. Und dafür reißt man sich den Arsch auf.

Abends trifft Felix eines seiner schnellen Mädchen, das kurz mal vorbeikommt und schon die Begleitung für die nächste Party zusammentelefoniert, während er noch auf dem Bett liegt. Schnelle Mädchen checken alles ab, fahren kleine Sportwagen, Alfa Spider oder einen alten Karmann Ghia, sie sind verwöhnt, rechnen nie nach und riechen nach nichts, außer nach Parfum. Richtig auftauen tun sie anscheinend auch nie, auch wenn sie viel und laut lachen. Alles bleibt auf dem Niveau eines Händedrucks, auch der Sex. Von daher steht einem kurzweiligen und komplett folgenlosen Abend nie etwas im Weg. Im Bett sind sie technisch versiert, da sie schon als Kinder, wenn die Eltern wieder spät nach Hause kamen, Erotikmagazine wie *Wa(h)re Liebe* auf sich wirken lassen konnten. Und sie haben immer perfekt rasierte Beine. Das ist auch eine Qualität.

Felix bleibt den Rest des Abends zu Hause, schließlich hat er alles gehabt. Was sollte der Tag noch groß bringen? Vage hofft er, dass noch jemand anruft, um ihn auf einen Drink zu überreden, doch das

Telefon bleibt stumm. Im Bett sieht er sich einen tödlich langweiligen Film an, den ihm jemand offenbar in böser Absicht empfohlen hat. Zwei schwule Chinesen zanken sich in Argentinien und wollen zu einem Wasserfall. Das ist alles, sonst passiert nichts. Während er noch darüber nachdenkt, was der Mist soll, schläft er ein.

Das schnelle Mädchen von vorhin heißt Alexa, sie ist der One-Night-Stand gewesen, der seinerzeit zu Felix' Trennung von Stella geführt hat. Heute studiert sie irgendwas und jobbt bei einem Freund ihres Vaters. Das ist alles, was Felix über sie weiß. Stella hat sie damals zusammen erwischt, und Felix verspürte danach wenig Lust, Alexa wiederzusehen. Allerdings machte auch sie keinerlei Anstalten, ein Wiedersehen in die Wege zu leiten, was ihn in seiner Eitelkeit doch ein bisschen traf. Die zweite Begegnung geschah an einem Abend, wie er scheußlicher nicht beginnen und typischer nicht hätte enden können.

Da Felix jemanden von der Tierschutzorganisation PETA kennt, die für ihre Aktionen gern Prominente einsetzt, war er zu einer Pressekonferenz eingeladen, auf der die ehemalige Baywatch-Darstellerin Traci Bingham eine neue Veganer-Kampagne in einem Bikini aus Salatblättern vorstellte. Später war man dann zusammen essen gegangen, in Begleitung der seinerzeit unvermeidlichen Ariane Sommer, die versprach, sich vor einer Deichmann-Filiale anzuketten, um gegen Lederwaren aus indischen Kühen zu protestieren. Heimlich werden die heiligen Tiere nämlich zu Billigleder verarbeitet, und das Schicksal der armen Kühe bewegte Ariane zutiefst. Aber wahrscheinlich hätte sie auch die Fendi-Schwestern mit Innereien beworfen oder nackt auf dem Tisch getanzt, wenn es ihr gelungen wäre, die Gesellschaft auf diese Weise in die von ihr promotete Diskothek 90 Grad zu locken.

Ein abscheulicher Laden übrigens, angefüllt mit BWL-Studenten in schlecht sitzenden Sakkos und den dazu passenden Frauen. Hinter einer albernen Kordel befinden sich dort Sitzgelegenheiten, die mit schäbigem Leopardplüsch bezogen sind, die so genannte VIP-Lounge. Vor der Kordel schieben üblicherweise braune Mädchen mit Kookai-Klamotten oder Stretchkleidern Wache, deren größter Wunsch es ist, es selbst einmal auf die andere Seite der Kordel zu schaffen. Wahrscheinlich haben alle ein witziges Tattoo, aber nicht zu groß.

Miss Bingbang, wie Felix Traci wegen ihrer beiden großen Talente für sich getauft hatte, erwies sich als ausgesprochen amüsant. Sie ließ eine Cocktailkirsche in ihren Ausschnitt fallen, kramte mit gespielten Entsetzen zwischen ihren Brüsten und quietschte: «Oh, es ist so feucht und so klebrig. Vielleicht muss mir jemand helfen.»

Alle Männer hatten nur Augen für sie, und alle dachten dasselbe – bis auf Felix, der den Versuch, bei ihr zu landen, bereits aufgegeben hatte. Wenn alle sich für dieselbe Frau interessieren, sucht man sich besser eine andere. Felix schaute sich um und entdeckte hinter der Kordel Alexa, die gerade mit dem Finger auf ihn zeigte und sich umgehend als seine angebliche Begleitung an der Security vorbeidrängte. Felix ließ es geschehen, fühlte sich geschmeichelt und insgesamt recht willenlos.

«Besser drauf als beim letzten Mal?», erkundigte Alexa sich atemlos.

«Schon», antwortete Felix. «Ich wohne jetzt allein.»

Der Rest ist Geschichte. Jedes Mal, wenn Traci, Felix und die anderen gehen wollten, schrie Ariane wie angestochen «Champagner, Champagner!», und auf Kosten des Hauses wurde eine neue Flasche Dom Perignon gebracht. Schließlich zerrten Felix und sein PETA-

Freund Traci aus dem Laden, um ihr zu zeigen, dass Berlin noch anderes zu bieten hatte. Mit Alexa und ein paar anderen Autos im Konvoi fuhren sie mit einem zugekoksten Schwulenpaar und deren riesigen Hund in einem abgewrackten Volvo zur Panorama-Bar, wo es eine Drag-Show gab. Traci Bingham liebte Drag-Queens im speziellen und Schwule im allgemeinen, was ganz auf Gegenseitigkeit beruhte.

Felix landete mit Alexa und einem Tütchen schlechtem Speed, das ihr angeblich jemand geschenkt hatte, auf dem Klo. Sie schaufelten das Zeug direkt in die Nase, und es brannte wie verrückt. Am nächsten Morgen hatte er einen üblen Kater.

So war das. Alexa kommt jetzt gelegentlich auf Anruf vorbei, und sie haben Geschlechtsverkehr. Das Wort trifft es noch am ehesten; es passt zum etwas klinischen Charakter ihres Fickverhältnisses. Keine Ahnung, ob sie mehr davon hat als er. Vielleicht erzählt sie es ihren Freundinnen.

Manchmal würde Felix sich zwar etwas mehr Intimität wünschen, aber Alexa bleibt ihm fremd. Letztens hat er sich bei dem Wunsch ertappt, sie körperlich zu verletzen, einfach nur ein kleiner Schnitt mit dem Messer durch die glatte Haut, an einer Stelle, wo es nicht wehtut, um sicher zu gehen, dass sie aus Fleisch und Blut ist und nicht nur ein Automat, mit dem Aliens die Menschheit studieren. Wäre sie ein Automat, würde sie keinen Schmerz empfinden, sondern mit leiernder Roboterstimme sagen: «Au, du hast meine Haut kaputt gemacht.» Er stellt sich vor, dass sie in einer Scheinwohnung lebt. Hinter der ganz normalen Eingangstür verbirgt sich eine winzige Kammer mit einer Art Plug-in zu einer andere Galaxie. Da stöpselt sie sich abends ein, verfällt in Ladestarre und ist am nächsten Tag genau wie immer. Gut drauf, pflegeleicht und eben ein bisschen unheimlich.

Am Sonntagmorgen wacht Felix viel zu früh auf, weil die Sonne in sein Bett scheint, und ist sofort hellwach. Er ist immer noch im Arbeitsrhythmus, das heißt um sieben raus. Nachdem er sich einen Tee gemacht hat, räumt er einen Karton mit Geschirr aus und holt sein Fahrrad aus dem Keller.

Er fährt an der menschenleeren Spree entlang und kauft sich im Ostbahnhof einen Stapel Zeitschriften: *Gala*, *Bunte*, *Wallpaper*, *Zeit*, *Spiegel*, *Bild am Sonntag*, *Kid's Wear* und ein Magazin für weibliche Bodybuilder. Einzelne übernächtigte Gestalten aus dem Ostgut und dem Casino taumeln an der Eastside-Galerie, wo die Reste der Mauer stehen, über die Straße. Die Polizei winkt, schon von weitem gut sichtbar, Autos raus, die aus dem alten Lagergelände kommen. Jeder weiß das, trotzdem fallen die Leute reihenweise darauf herein, wahrscheinlich, weil sie so breit sind, dass sie denken: Nicht schon wieder, die waren doch erst letzten Sonntag da, also kommen sie heute nicht. Sie sind jeden Sonntag da.

Als um zehn die ersten Cafés in Kreuzberg öffnen, radelt Felix über die Oberbaumbrücke und an der Hochbahn entlang in Richtung Oranienstraße. Es riecht nach Staub und nach Lindenblüten. Türkische Familien verstauen ihr Grillequipment im Kofferraum, vor dem Roses liegen kaputte Bierflaschen, und die Bäckerei kurz vor der Adalbertstraße hat immer noch die besten Mandelhörnchen.

Unterwegs kommt er an seiner alten Wohnung vorbei. Vor dem Grundstück steht ein Container, und ein Bauzaun versperrt die Sicht in den Hof. Das alte Fabrikgebäude wird entkernt und, wie einem Schild zu entnehmen ist, in ein islamisches Zentrum umgewandelt. Felix kann sich an Fotos von der Grundsteinlegung erinnern. Der Bürgermeister begrüßte *diese neue Form von Gentrification* und lächelte wie ausgestopft. Wäre das Haus nicht verkauft worden, wäre er nie freiwillig ausgezogen. Sie hätten ihn nicht rausgekriegt. Der Vertrag war zwar gewerblich, lief aber noch fünf Jahre. Am Ende hatten die unerfreuliche Aussicht, jahrelang auf einer Baustelle zu leben, und eine kleine Abfindung ihn doch bewogen, auf seine Ansprüche zu verzichten.

Hinter einer Sonnenbrille schwelgt Felix in Kreuzberg-Nostalgie und richtet sich vor einem Café am Heinrichplatz häuslich ein. Am frühen Nachmittag steigt er von Milchkaffee auf Alsterwasser um und ist nach drei Gläsern angenehm betrunken.

Die *Zeit* beschäftigt sich im Feuilleton mit dem Thema *Deutschland sucht den Superkünstler*. Beste Chancen hat ein Mann namens Lutz Paffendorfer, für den spricht, dass er vor einigen Jahren gestorben ist und nichts Wertminderndes mehr anstellen kann. Felix ist der Name in erster Linie deshalb ein Begriff, weil nahezu jeder ihm bekannte Mensch über vierzig den Mann offenbar persönlich gekannt hat. Neulich hätte er beinahe behauptet, er sei auch dabei gewesen, als eine Paffendorfer-Anekdote erzählt wurde, die er schon in verschiedensten Versionen kannte. Typisch Berliner Gehirnwäsche. Irgendwann glaubt man tatsächlich, man selbst hätte in den achtziger Jahren mit David Bowie im Dschungel am Tresen gestanden. *Clowneske Selbstentblößung, ängstlich-vereinsamte Selbstverbergung und stolze Selbstverklärung, sie finden schlüssig zusammen*, jubiliert die *Zeit*. Paffendorfer ist an Leberversagen gestorben. Kein Wunder bei all den Leuten, mit denen er einen trinken musste.

Die *Bild am Sonntag* trägt auf der Rückseite eine ganz wunderbare Schlagzeile: *Der Papst verschenkt ein Leichenteil.* Dabei geht es zwar nur um eine Reliquie, aber Felix hat auf einmal das Gefühl, dass alles viel schlimmer sein könnte.

Wenn ihm das Leben manchmal als eine gleichförmige Aneinanderreihung von Tagen ohne Leidenschaft und Geheimnis erscheint, so ist das kein Unglück, eher vielleicht die Abwesenheit von Glück, eine kleine Melancholie, die eng mit der Langeweile verwandt ist. Es ist die nicht näher definierbare Sehnsucht nach einem Kick, wie man ihn fühlt, wenn man nach langer Abstinenz wieder Drogen nimmt oder sich frisch verliebt. Drogen und Verliebtsein funktionieren ja angeblich nach dem gleichen Prinzip. Beides hebt den Serotoninspiegel. Felix hat sich oft gefragt, warum man dem Körper dieses Serotonin nicht direkt zuführen kann. Das wäre doch ein körpereigener, verträglicher Stoff und das Ende allen Elends.

Vielleicht hat seine Stimmung auch nur damit zu tun, dass er erwachsen wird und dieser Prozess notwendigerweise frustrierend ist. Felix kann sich erinnern, dass ihn jemand einmal den jungen Mann genannt hat, der überall dabei ist, aber nirgends dazugehört. Wenn man sich etabliert, ist man der Herr, dem alles gehört. Irgendwann muss man der Herr werden, dem alles gehört. Und dabei fällt ihm Hanno ein, doch der hat sein Handy abgeschaltet. Felix hinterlässt eine Nachricht auf der Mailbox.

Am Nachmittag geht er ins Kino. Am Potsdamer Platz läuft *Stuart Little 2*, ein rührseliger Film mit einer animierten Maus, die von einem Menschenpaar adoptiert wird. Felix liebt es, nachmittags allein mit hunderten von Kindern im Kino zu sitzen, die sich begeistern und lautstark die bescheuerte Maus vor irgendwelchen Gefahren warnen. Er ist zu Tränen gerührt.

Kapitel 9 Schnee im August

Der Winter ist früh über die Stadt gekommen, und zwar in Form eines flächendeckenden Schneegestöbers. Jede Waagerechte, so scheint es, wird umgehend mit Lines und Pulver bestäubt, als hätten die Leute Angst vor leeren Flächen. Plastiktüten voller Pillen machen nach dem Essen die Runde, und die Opfer der Verwehungen stolpern schwitzend und mit blutunterlaufenen Augen durch den jungen Morgen. Wohl dem, der an die Sonnenbrille gedacht hat. Wer einmal nüchtern im Garten des Ostguts gewesen ist, weiß, was Drogen anrichten können. Das Zeug ist billig wie nie und von 1A-Qualität. Ob das Medellin-Kartell seine Anbauflächen vergrößert hat oder in Litauen neue Amphetaminküchen mit zweckentfremdeter EU-Aufbauhilfe gefördert werden, wer weiß?

Daniel ist seit längerem nicht vor Anbruch des Tageslichts nach Hause gekommen und hat nie mehr als ein paar Stunden Schlaf bekommen. Trotzdem ist er bester Dinge, nur etwas überdreht halt. Juli und August gehören im Veranstaltungsgeschäft von jeher zu den schwachen Monaten, und die allgemeine Stimmung ist nicht dazu angetan, auf baldige Besserung zu hoffen: Die eine oder andere Adelshochzeit auf Landgütern im Speckgürtel, ein Firmenjubiläum, ein paar runde Geburtstage und die Party eines Lottogewinners, der einen Dampfer auf dem Wannsee haben will – bis auf den Lottogewinner alles Selbstläufer.

Daniel kommt das sehr entgegen. Konnte er seinen Obsessionen früher, als er noch mit Alexander liiert war, nur im Geheimen nachgehen, so genießt er es heute sehr, sich vor niemandem rechtfertigen zu müssen.

Daniels Obsession heißt MEHR: Mehr Sex, mehr Männer, mehr Fleisch, mehr Schwänze, mehr Darkrooms, Sex-Partys, Parks und Saunen. Und viel mehr Internet-Bekanntschaften. Und mehr Koks, mehr Pillen und mehr Poppers natürlich auch. Wer weiß, was in ein paar Jahren ist? Irgendwann wird er alt sein und sich ärgern, dass er nicht mitgenommen hat, was er hätte kriegen können.

Das schlechte Gewissen, dass ihn anfangs nach der Trennung immer wieder heimgesucht hat, sieht er heute als Erbe seiner Langzeitbeziehung und als etwas, das Alexander ihm böswillig eingeredet hat. Alexander ist neben seiner Mutter nach wie vor der einzige Mensch, der es schafft, ihn mit wenigen Sätzen auf die Palme zu bringen.

Letztens verkündete er doch bei einem Essen, zu dem sie gemeinsam eingeladen waren, in triumphierendem Tonfall, nicht nur er habe die ganze Zeit gewusst, dass Daniel wie wild herumbumst, sondern alle anderen auch. Dann markierte er eine albern lässige Aufreißpose, ging einmal breitbeinig durch den Raum, und die Leute klatschten sich buchstäblich auf die Schenkel. Das Unangenehmste war jedoch, dass Daniel sich selbst wiedererkannte und sich wie ein absoluter Loser vorkam. Blöde Schwuchteln allesamt, Freunde von Alexander natürlich, die geradezu zwanghaft über alles lachen müssen, was er von sich gibt. Alexander ist ja *so* amüsant! Sein Ding war dieser Tuntenhumor noch nie. Ja, wo leben wir denn? Im 19. Jahrhundert? Wenn Sex ihm Spaß machte, sei das doch wohl seine Sache, sagte Daniel in das Gelächter hinein.

Er höre sich an wie diese Alte, die seit den siebziger Jahren mit ihrem *Ficken-macht-frei*-Schild vor der Gedächtniskirche hockt, antwortete Alexander spitz. Man könne die innere Leere aber nun mal eben nicht mit Schwänzen füllen. Wieder so ein Spruch, über den sie alle lachten: Die innere Leere mit Schwänzen füllen. So, mein Lieber, das kann man nicht? Das werden wir noch sehen! Gott sei Dank gibt es genug Leute, die so denken wie er.

Nachmittags, nach dem Aufstehen, duscht Daniel eiskalt und fährt in die Firma. Ein paar neue Studenten, die als Abräumer anfangen, warten auf Einweisung. Außerdem muss er die Personaleinteilung und die Einkäufe für die kommenden Veranstaltungen vorbereiten. Die Aufsicht über die Party des Lottogewinners hat Alexander übernommen, das heißt, Daniel hat den Rest des Wochenendes frei.

Er beantwortet ein paar E-Mail-Anfragen und schreibt ein Angebot, um sogleich nahtlos in den Chat einzusteigen. Er gibt sein Passwort ein und meldet sich bei Gaydar an. Daniel hat gleich drei Namen und E-Mail-Adressen. Von *Lucky Star*, *Ultracrisp* und *Lean Muscle* ist *Lean Muscle* der erfolgreichste. Hier bekommt er die meiste Post und eindeutig die vielversprechendsten Fotos. Daniel zieht es vor, wenn der Bildausschnitt etwas größer gehalten ist. Sonst kann man unliebsame Überraschungen erleben. Und wenn man sich in eindeutiger Absicht versehentlich mit Bekannten verabredet, ist das richtig peinlich.

JPG Big Willy 1 ist vom Hals aufwärts abgeschnitten. Dabei würde man sein Gesicht ohnehin nicht sehen. Denn *Big Willy* himself liegt mit heruntergelassenen Hosen auf einem Sofa von Eileen Gray und streckt seinen Hintern in die Kamera, *JPG Big Willy 2* zeigt die Frontseite, wieder kopflos, aber sonst o. k. Er lehnt an einem Schreibtisch. Daniel wählt aus dem Fotoordner ein paar Bilder von sich aus, die ihm für *Big Willy* am angebrachtesten erscheinen. Der Mann ist laut Text belastbar und diskret und steht auf versaute Treffs ohne

Tabus. Daniels beste Teile sind auf den Bildern angemessen ins Bild gerückt, das Gesicht hat er am Computer nachbearbeitet. Es ist aussagekräftig genug, aber so verfremdet, dass sich niemand einen Scherz damit erlauben kann. *Pling*, sagt der Computer. *Big Willy* ist online, wie praktisch. Daniel macht ein Date für den Dienstag aus, generell ein schwacher Tag, wenn man nicht gerade zum Bierpreis von eins fünfzig picklige Studenten im Ackerkeller aufreißen will, und loggt sich aus.

Von der Köchin, die das Menü für den Lottogewinner vorbereitet, lässt er sich noch schnell etwas zu Essen bringen. Gegen neun beginnt eine private Sexparty, auf die er sich schon seit fast einer Woche freut. Der Gastgeber, ein Ingenieur von Siemens, der gelegentlich in Pornofilmen auftritt, hat das Kommen einiger rattenscharfer Kollegen angekündigt, auf die Daniel schon länger ein Auge geworfen hat. Gesellige Kontakte mit Pornodarstellern am frühen Abend, dann ein paar Lines und ab ins Ostgut. Mehr kann man von einem Samstagabend wirklich nicht erwarten.

Kapitel 10
Aber schön war es doch

Alexander liegt mit seiner Mutter im Bett. Es ist dunkel, und die Scheinwerfer der vorüberfahrenden Autos jagen die Schatten der Kakteen über die Wand. Seine Mutter atmet tief und regelmäßig, die Decke ist über ihren bloßen Busen gerutscht. Alexander betrachtet sie eine Weile und deckt sie behutsam zu. Er steht auf und geht auf Zehenspitzen in die Küche. Ein Dielenbrett knarrt.

Er öffnet die Kühlschranktür und nimmt eine Schüssel heraus, doch was er anstelle des Nudelsalats sieht, lässt ihm den Atem stocken. In der Schüssel sind lauter kleine Gestalten, die durcheinander wuseln. Und sie alle sehen aus wie Daniel. Vor Schreck lässt Alexander die Schüssel fallen, die auf den Fliesen in tausend Stücke zerspringt. Augenblicklich beginnen die Figuren sich zu bewegen, sie versuchen zu fliehen, verstecken sich hinter dem Herd und klettern die Stuhlbeine hoch. Es gelingt Alexander, ein paar in einem Topf zu sammeln, andere erwischt er mit dem Kochlöffel, und sie bleiben leblos, mit verdrehten Gliedmaßen liegen. Seine Hand blutet, weil er sich an den Scherben verletzt hat. Der Lärm hat seine Mutter geweckt, die nun in einem hellblauen Babydoll in der Tür steht.

«Es war nicht meine Schuld», sagt Alexander. «Ich wollte sie nicht kaputtmachen. Was, um Himmels willen, sind das für Dinger?»

«Stellvertreter», gähnt seine Mutter. «Waldmeister, Himbeer, Zitrone. Sie leben nicht wirklich. Man muss sie kalt stellen, sonst laufen sie weg. Die Kinder sind ganz versessen darauf.»

Sie steckt sich einen zappelnden Daniel in den Mund und beißt herzhaft zu. Es macht ein Geräusch, als würde man ein sehr großes Insekt zerquetschen.

Großartig, denkt Alexander, einfach phänomenal. Mit diesem Traum hätte ein ganzer Nervenarztkongress gut zu tun: Der Schwule, die Mutter, der Exfreund, kannibalische Begierden und ein Hauch von Inzest, alles dabei, was das psychoanalytisch geschulte Hirn begehrt. Vielleicht sollte er den Traum aufschreiben und einschicken. Das könnte ihn in der Fachliteratur unsterblich machen, so wie die Patienten von Freud.

Alexander kann sich Träume nur selten merken, aber dieser ist eindeutig zu bizarr, um dem Vergessen anheimzufallen. Dass er sich überhaupt erinnert, liegt wahrscheinlich daran, dass er sich immer noch im Halbschlaf befindet. Er steckt sich eine Zigarette an, und vom ersten Zug wird ihm ein bisschen schlecht. Der Digitalwecker steht auf 6:18.

«Das ist ein Nichtrauchertaxi», sagt der Fahrer vorwurfsvoll und kurbelt das Fenster runter.

«Ich habe aber ein Rauchertaxi bestellt», behauptet Alexander, obwohl das natürlich nicht stimmt. «Wenn es Ihnen nicht passt, steige ich auf der Stelle aus.»

Praktischerweise halten sie gerade an der Ampel neben einem Taxistand. Alexanders gereizter Tonfall lässt den Fahrer einlenken.

«Ja, ja. Ist schon gut», murmelt er.

Dabei wäre Alexander durchaus in der Laune, ein bisschen herumzuschreien. Davon wird man wenigstens wach.

Der Fahrer biegt ab, und sie rumpeln an einer kilometerlangen Ziegelmauer entlang über menschenleeres Kopfsteinpflaster in Richtung Wedding. Im Radio läuft Hildegard Knef:

Da ist der Weg, der letzte, den wir gingen.
Da ist die Bank, da sagtest du adieu.

Als Alexander das Lied hört, überkommt ihn ein Gefühl grenzenloser Traurigkeit, einmal wegen Hildegard Knef, die ja nun tot ist, zum anderen, weil er sich das Leben anders vorgestellt hat. Er ist nicht fürs Alleinsein gemacht. Alles nur für sich zu machen ist keine Lösung. Warum sucht er sich nicht einfach irgendwen? Daniel hat damit ja auch keine Schwierigkeiten.

Es gibt Ereignisse, die man nicht vergisst. Man weiß genau, was man in diesem speziellen Augenblick gemacht und gefühlt hat. Als Diana starb, hatte Daniel ihn wachgerüttelt, und sie lagen den ganzen Tag vor dem Fernseher. Sie hatten sogar Pizza bestellt, obwohl Alexander Junkfood normalerweise ablehnt.

Jahre später fuhren sie gemeinsam zu Hildegard Knefs Beerdigung, aus einer Laune heraus, als sie von einem Kunden kamen. Für Alexander war Daniel damals jemand, den er schon verloren hatte. Selbst wenn er ihn noch geliebt hätte, so hätte das nichts daran geändert. Sie passten nicht zusammen. Daniel wusste das instinktiv, er selbst aus Erfahrung. Auf dem Weg zum Zehlendorfer Waldfriedhof öffneten sie in einem Stau eine Flasche Roederer aus dem Musterpräsentkorb, den sie dem Kunden vorgeführt hatten, während im Radio live von der Trauerfeier berichtet wurde.

Die Lieder, die zwischendurch gespielt wurden, kannten sie auswendig. Sie sangen laut mit, Alexander blickte Daniel an, der neben ihm am Steuer saß, und plötzlich sah er ihn so, wie er ihn früher einmal gesehen hatte, mehr als nur eine lästige Person, die man nicht mehr los wird, weil man irgendwie verwandt ist, und bei der man ständig darauf wartet, was sie als nächstes falsch macht. Er war der einzige Mensch, auf den Alexander sich verlassen konnte, und Daniel ertrug seine Stimmungsschwankungen mit stoischer Ruhe. Alexander konnte froh sein, dass er ihn hatte.

Solche Momente der Selbstkritik sind bei Alexander rar. Meistens überwiegt das Gefühl, bereits viel zu viel seiner kostbaren Lebenszeit an Daniel vergeudet zu haben, ganz zu schweigen von der Gefühlsinvestition, die sich niemals mehr amortisieren wird. Alles, was sie gemeinsam erlebt haben, scheint Alexander seit der Trennung nichts mehr wert zu sein. Neben der Firma verbindet ihn mit Daniel eigentlich nur ein Wunsch: Ihn dafür büßen zu lassen, dass Alexander einmal geglaubt hat, sie würden für immer zusammengehören.

Am Friedhof fanden sie damals keinen Parkplatz und stellten den Wagen auf einen Fahrradweg. Lachend irrten sie mit einer zweiten Flasche Roederer über den Friedhof, bis sie schließlich die Grabstelle fanden. Es hatte zu regnen begonnen, und die Trauergäste standen unter ihren Schirmen im Matsch. Die meisten waren extrem schlecht angezogen. Als er eine Hand voll Erde in das Grab fallen ließ, vergoss Alexander heimlich eine Träne für Daniel, für sich und darüber, dass das Leben ihn wie zum Hohn mit kleinen Befriedigungen abspeiste. Im kalten Regen blieb das unbemerkt. Als sie zurückkamen, war das Auto abgeschleppt.

> Da ist der Baum, an dem die Blüten hingen,
> Die du mir gabst, doch jetzt liegt darauf Schnee.
> Aber schön war es doch,
> Aber schön war es doch …

Ein Knistern und Rauschen reißt Alexander aus seinen Gedanken. Die sentimentale Stimmung, in die das Stück ihn versetzt hat, ist schlagartig vorbei.

«Lassen Sie das bitte», sagt er, doch der Fahrer findet den Sender nicht mehr.

Stattdessen ertönt die weinerliche Stimme von John Denver: «Country roads, take me home ...»

Inzwischen sind sie an der Polizeiwache angekommen. Das klare Morgenlicht leuchtet jeden Winkel aus. Daniel steht vor dem Eingang, mit verschränkten Armen, als wäre ihm kalt.

«Halten Sie hier und warten Sie kurz.»

Vermutlich hat er auch Drogen genommen. Das bedeutet, es kann ewig dauern, bis er seinen Führerschein wiederkriegt. Fürs Geschäft ist das eine Katastrophe. Alexander selbst hat nie Autofahren gelernt. Er geht über die Straße zu Daniel und mustert ihn angewidert. Auf Daniels schwarzer Lederhose sind undefinierbare, klebrige Flecken, obenrum trägt er ein verdrecktes Tanktop. Sein Teint ist teigig, die Augen verschwollen. Er sieht völlig zerstört aus und riecht streng.

«Hast du keine anderen Freunde, die du mitten in der Nacht anrufen kannst? Und dein Portemonnaie, wo ist das?»

Daniel grinst und zuckt mit den Schultern. «Wer weiß? Geklaut? Oder auch verloren?» Es scheint ihm alles nichts auszumachen.

«Willst du mitfahren oder brauchst du Geld?»

«Gib mir lieber Geld», sagt Daniel.

Alexander drückt ihm einen 100-Euro-Schein in die Hand und steigt in das Taxi, ohne sich noch einmal umzudrehen. Er muss sofort alle Karten, die auf Bella Vita laufen, sperren lassen. Schrecklich, wenn Menschen, die man einmal geliebt hat, nur noch lächerlich sind. Und außerdem muss er bei Gelegenheit ein paar Blumen an das Grab von Hildegard Knef bringen.

Kapitel 11
Geordnete Verhältnisse

Manchmal kommt Stella sich vor wie eine Prostituierte. Da heißt es dann schon mal: *Zieh dich sexy an, wenn der Kunde kommt, los, geh mal mit dem einen trinken, der kennt hier doch keinen, ist doch ein netter Kerl, und schaden kann's auch nicht.*

PR ist eine Branche, in der nur zum Teil Konzepte und Strategien darüber entscheiden, ob man einen Auftrag bekommt und der Kunde zufrieden ist. Die andere Hälfte ersäuft man sich. Man kann es auch persönliche Kontaktpflege nennen. Stella hat sich neulich durchchecken lassen; ihre Leberwerte sind jedenfalls in Ordnung. Tatsächlich kann es sehr erschöpfend sein, wenn man dreimal die Woche mit Leuten, die einen nicht wirklich interessieren, bis nachts um vier um die Häuser ziehen muss. Und dabei noch charmant und unterhaltsam sein soll. Doch im allgemeinen macht der Job Stella Spaß. Sie kann mit diesen Leuten umgehen. Man darf nur nicht glauben, dass sich im Leben alles um PR dreht. Es reicht, wenn die anderen das tun.

Am einfachsten zu handhaben sind Modejournalisten. Die halten sich für die Fashion-Elite, kommen zum falschen Tag in den Showroom und zicken dann herum, aber man weiß wenigstens, woran man ist. Letzten Endes geht es ihnen ausschließlich um die Präsente und wer auf welcher Liste steht:

Was, du hast den Schal nicht bekommen? – In welcher Reihe sitzt du denn, in welchem Block? – Sag bloß, du fährst nicht nach Mailand? – Wir machen eine Sportswear-Strecke in Macao. – Püh, ist doch gar nichts! Wir machen die Bademode im Ngorongoro-Krater. – Ja, wo ist denn der? – Im Kongo, glaube ich. – Schatz, das ist doch nur Quizshow-Wissen. Wer braucht das schon?...

Es ist gar nicht wichtig, dass sie kommen, man muss sie nur irgendwie bei Laune halten – und sich selbst an die Assistentin. Im allgemeinen gilt die Faustregel: Wenn die Assistentin dabei ist, ist das Produkt drin.

Stella kann in letzter Zeit gute Erfolge verbuchen. Die Vintage-Hawaii-Hemd-Kollektion ihres Surf-Labels aus Original-Fifties-Cotton-Stoffen war in diversen Magazinen, und der Hersteller hat versucht, sie abzuwerben. Immer wieder kommen Kunden auf solche Ideen, und das ist gar nicht so falsch gedacht: Niemand braucht eine PR-Agentur, wenn man die PR mit ein paar fitten Leuten im Haus viel besser machen kann. Aber dafür müsste sie nach Lindau an den Bodensee ziehen, wo das Surf-Label seinen Firmensitz hat, und darauf hat sie nun wirklich keine Lust. Also müsste sie sich selbständig machen, und da reicht ein Kunde nicht. Sie müsste akquirieren gehen, und sobald sie mehrere Kunden hätte, bräuchte sie ein Büro und Praktikanten und wäre eine PR-Agentur. So vermehren die sich. Und wer braucht die ganzen Agenturen? Womit wir wieder am Anfang wären und der Kunde eine Idee hat. Hanno hat ihr neulich gesteckt, dass man ihm die Agentur, für die sie arbeitet, zum Kauf angeboten hätte. Es wäre wirklich Ironie des Schicksals, wenn er auf diese Weise wieder ihr Chef würde.

Stella ist früh fertig. Obwohl es einen Umweg bedeutet, fährt sie in die Bergmannstraße und bestellt sich in einem Thai-Imbiss eine Tom Kha Gai. Je vertrauter Berlin ihr wird, desto mehr Wohlfühlinseln entdeckt sie, und die Bergmannstraße mit ihren Trödlern, Cafés und Obstgeschäften gehört mit Sicherheit dazu. Ein bisschen verschlafen und mit Läden, in denen man zwanghaft irgendetwas kauft, das später im Keller oder auf dem Flohmarkt landet. Wie heute dieser marokkanische Blumenkasten aus blau-weiß glasierter Keramik, in dem man schön Küchenkräuter ziehen könnte. Nachdem sie wider besseres Wissen und Wollen den Kasten nebst Töpfen mit Basilikum, Rosmarin und Salbei erstanden hat, holt sie ein paar Anzüge von Richard aus der Reinigung in Wilmersdorf und absolviert danach eine Probestunde in einem neuen Wellnesscenter am Ende des Ku'damms, das Letzte auf der Liste von sechs Studios, die infrage kommen.

Stella liebt es, Listen anzulegen und alle Punkte systematisch abzuarbeiten. Diese Woche hat sie jeden Tag ein anderes Studio begutachtet. Zufrieden streicht sie in ihrem Filofax den letzten Namen durch und vermerkt Preise und Konditionen. Ihr Urteil über The Spa ist durchweg positiv. Die Anlage ist schön, mit großem Pool, Blick auf eine Grünanlage und mit Tiefgarage. Ein Minuspunkt ist die Lage, zur Hauptverkehrszeit eine gute halbe Stunde von Mitte entfernt.

Bedenkt man allerdings, wie selten sie in letzter Zeit zu Hause schläft, liegt es vergleichsweise günstig. Genau auf halber Strecke zwischen ihrem Arbeitsplatz und Richard. Und gerade deshalb zögert sie. Sich hier anzumelden, käme der Entscheidung gleich, ein Stück ihrer Selbständigkeit aufzugeben, denn wie oft würde sie wohl überhaupt noch quer durch die Stadt in die Gärtnerstraße fahren, wenn sie nach dem Sport einfach nur auf die Königsallee abbiegen müsste, um in einer Viertelstunde bei Richard zu sein?

Bei Richard. Richard, dem Mann, der das Und-jetzt-Problem lösen könnte. Wenn Stella jemanden kennen lernt, stellt sie sich meist nach kurzer Zeit die Frage: «Und jetzt?» Es ist die Frage, ob es eine

Zukunft mit dem Neuen geben könnte und wie diese aussehen mag. Meistens fällt ihr dazu nichts ein, und das war's dann.

Es geht immer geradeaus, kein Überlegen, keine Staus, gleichmäßiges Tempo. Nur gelegentlich unterbricht eine ungünstige Ampelphase den ruhigen Verkehrsfluss auf der Clayallee. Stellas Wagen rollt vorbei an den ehemaligen Unterkünften der Alliierten, der Freien Universität und immer tiefer hinein in die alten Westberliner Villenviertel. Neulich hat sie einmal gesagt, nach Zehlendorf zu fahren sei ein bisschen wie von West Hollywood nach Malibu, und die Leute haben sie komisch angeguckt. Dabei wollte sie wirklich nicht angeben, weder mit Zehlendorf noch mit ihrer Kenntnis der Topographie von Los Angeles.

Dahlem, der Grunewald und Zehlendorf sind für sie eben auch nach einem halben Jahr mit Richard noch Neuland. Vorher gab es in ihrem Bild von Berlin außerhalb der Innenstadtbezirke nur vage Vorstellungen von einem Slumgürtel wie in Mexico City oder Kairo, trübe Plattenbausiedlungen oder Hochhausviertel à la Christiane F., in denen Neonazis, ethnische Minderheiten und Trinker mit Kampfhunden hausen.

Stella folgt dem Verlauf der Straße und biegt kurz vor dem Wannsee in eine Sackgasse ein, die an einem Seegrundstück endet. Über den Holzzaun und die mannshohe Buchsbaumhecke hinweg kann sie Richard im Balkonzimmer telefonieren sehen. Als sie die Autotür zuschlägt, blickt er auf und winkt ihr zu.

Stella parkt draußen. Neben dem schmiedeeisernen Tor befindet sich eine schmale, grün gestrichene Holztür. Sie schließt auf, wirft einen Blick in den Garten und stellt als Erstes den Rasensprenger an. Sie hat vergessen, am Morgen zu gießen, und die große Aranthum-Pflanze lässt die Blätter hängen. Wenn es heiß ist, braucht sie viel

Feuchtigkeit. Schuldbewusst stellt Stella den Topf in eine Schale voller Wasser. Verdorrte Pflanzen und hungernde Haustiere sind ein schlechtes Omen.

So praktisch sie veranlagt ist, so abergläubisch kann sie manchmal sein. Aus einem diffusen Schuldgefühl heraus und in dem Bemühen um ein gutes Karma hat sie früher Bettlern Geld zugesteckt oder wohltätigen Organisationen größere Beträge gespendet, speziell, wenn es um ganz konkrete Wünsche ging. Seit sie eine Patenschaft für ein äthiopisches Kind übernommen hat, dessen Ausbildung sie mit dreißig Euro im Monat finanziert, ist Schluss damit. Manchmal bekommt sie Bilder ihres Schützlings und einen handgeschriebenen Brief, in dem das Mädchen sich bedankt. Stella betrachtet die Bilder, so wie sie eine Pflanze betrachten würde, die Blüten treibt. Eine Kontaktaufnahme ihrerseits ist nicht erwünscht, da sie das Kind korrumpieren könnte. Vermutlich würden die Eltern nach mehr und größeren Geschenken fragen. Es wird schon seine Richtigkeit haben. Der Betrag wird automatisch abgebucht und sollte reichen, das Schicksal automatisch günstig zu stimmen.

Stella stellt die Einkäufe in der Küche ab und geht hinauf zu Richard in den ersten Stock. Er telefoniert immer noch und drückt ihr, den Hörer in der Hand, einen flüchtigen Kuss auf die Wange. Stella nimmt in dem Sessel vor dem Fenster Platz und sieht ihn an. Richard ist mittelgroß, fast zu dünn und trägt eine sandfarbene Jeans, das blassrosa Hemd hängt geöffnet über der Hose. Seine schlanken, nackten Füße sind gebräunt. Stella ist völlig vernarrt in diese Füße, die schönsten Füße, die sie je an einem Mann gesehen hat, und sie machen den zurückweichenden Haaransatz mehr als wett. Stella hat eine Haarschneidemaschine gekauft und alles auf Zentimeterlänge abrasiert. Das macht ihn zehn Jahre jünger.

«Wie war's?», fragt sie, als er fertig ist.

«Nicht besonders. Wie Messen so sind. Man redet viel, und Konkretes kommt dabei nicht heraus.»

Richard arbeitet für eine Firma, die TV-Movies produziert.

Stella ist enttäuscht: «Gar nichts Neues auf der Welt?»

«Doch, warte», sagt Richard und grinst. «Ein englisches Format. Macht ein obskurer Privatsender, der Irrsinnsquoten damit erzielt. Die Kandidaten kommen in eine Wohngemeinschaft, und gewonnen hat, wer sich innerhalb eines Monats die meisten Krankheiten zuzieht. Das meiste spielt sich im dermatologischen Bereich ab. Man sieht, wie sie verlausten Pennern Haarsträhnen abkaufen oder in öffentlichen Bädern barfuß durch die Abwässer laufen.»

Das Telefon klingelt wieder, und Richard hebt ab.

Stella schüttelt sich. «Ist ja ekelhaft!»

Eine scheußliche Vorstellung und vollkommen abartig, insbesondere wenn man hier in diesem gepflegten Haus sitzt, mit den kolonialen Gartenmöbeln aus Teak auf der Terrasse und dem geschmackvoll angelegten Naturgarten. Stella tritt auf den Balkon. Vor den Koniferen stehen zwei blau-weiß gestreifte Liegestühle, unten an der Böschung zum See leuchten die blauen Irisblüten, da, wo das Grün höher wird und langsam in das Schilf übergeht. Das Einzige, womit sie sich hier je schmutzig machen wird, ist die Blumenerde, in die sie ihre Küchenkräuter einpflanzt.

Ihr Hang zum Bürgerlichen amüsiert Stella. Vermutlich hat er schon immer in ihr geschlummert, und jetzt ist die Zeit reif. Die Zukunft mit Richard liegt vor ihr wie ein offenes Buch: Warum kein Kind, wenn er noch ein Kind will? Er ist noch nicht zu alt dafür.

Sie denkt an das gerahmte Foto unten auf dem Sideboard: Richard, mit vollem Haar und einer Föhnfrisur à la Nik Kershaw, irgendwo vor einem Yachthafen, es könnte Portofino sein, auf dem Arm ein lachendes kleines Mädchen mit langen, dunklen Zöpfen und einer Plastikschildkröte. Die Kleine sieht ihm nicht besonders ähnlich, eher italienisch. Wahrscheinlich kommt sie nach der Mutter, bei der sie aufgewachsen ist. Wie alt mag sie jetzt wohl sein? Achtzehn, neunzehn, zwanzig? Irgendwas um den Dreh herum. Richard gibt sich merkwürdig bedeckt, wenn das Gespräch auf seine Tochter kommt, aber Stella weiß, dass sie seit ein, zwei Jahren in Berlin lebt. Sie möchte sie gern kennen lernen. Wahrscheinlich geniert sich Richard, seiner Tochter eine Freundin vorzustellen, die ihr altersmäßig näher steht als dem Vater.

Sollte sie ein Kind bekommen, überlegt Stella, dann wird sie vorübergehend aufhören müssen zu arbeiten. Später, nach ein paar Jahren, wird sich bestimmt wieder etwas für sie finden. Halbtags, vielleicht bei Richard in der Firma. Mittags kommt sie dann nach Hause; das Hausmädchen trägt eine gestärkte Schürze und spielt mit dem Kind, während in der Küche schon eine wohlschmeckende Mahlzeit bereitsteht. Eine Frau in geordneten Verhältnissen. Nie wieder das lästige: Und jetzt? Nur noch: Und dann. Und dann kommt das Kind in die Schule, und dann feiern wir Silberhochzeit, und dann ist es Zeit zu sterben. Richard ist die Und-dann-Antwort auf alle Und-jetzt-Fragen.

Er hat immer noch nicht aufgelegt. Langsam knöpft Stella ihre Bluse auf und lächelt herausfordernd.

Kapitel 12
Der Tod im Off

Niemand sitzt am Empfang, als Felix die Büroräume der Agentur John & Magrath betritt, und auch auf dem quadratischen Flur ist kein Mensch zu sehen. Im Hintergrund läuft auf einem Monitor lautlos MTV. Durch eine halb geöffnete Tür, die sich inmitten einer Wand befindet, welche wahllos mit riesigen, neonfarbenen Piktogrammen und Worten wie *Art*, *Business*, *Entertainment* und *Credibility* bedeckt ist, kann Felix in das Konferenzzimmer sehen. Es ist mit Sechzehnjährigen gefüllt, die um einen großen runden Tisch sitzen und sich ganz wichtig vorkommen. Die Zielgruppe.

Jemand von der Agentur hält ein Foto von Cora hoch, der erpresserischen Pharmavertreterin, worauf sich ein vielstimmiges Buh und Bäh erhebt, das so aber noch nichts Negatives zu bedeuten hat. Kann sein, dass die kleinen Jungs ein wohliges Kribbeln verspüren, wenn sie Cora auf dem Bildschirm sehen, und die kleinen Mädchen sich vornehmen, später auch einmal so erfolgreich und kaltschnäuzig zu werden. Hinter den Teenagern befindet sich ein semitransparenter Spiegel, dahinter vermutlich Redakteure, Psychologen und jemand vom Storyline-Department. Jetzt kommt Isabell hinaus auf den Flur, die Felix neulich im Magnet-Club getroffen hat. Sie blickt sich nervös um und zieht die Tür hinter sich zu.

«Los, komm mit!», sagt sie und schiebt ihn in Hannos Büro.

Hanno liegt auf dem Schreibtisch, sein rechter Arm hängt schlaff herunter, er ist leichenblass. Auf seiner Stirn stehen Schweißperlen und um ihn herum seine Angestellten, die nicht wissen, was sie mit ihm anfangen sollen. Das Szenario erinnert Felix verblüffend an ein Bild von Rembrandt, *Die Anatomie des Dr. Tulp*.

«Mach doch mal jemand das Hemd auf», sagt einer, «und leg die Beine hoch.»

«Man muss ihn in die stabile Seitenlage bringen», wirft ein anderer altklug ein. «Sonst verschluckt er die Zunge.»

«Ich bin nicht bewusstlos», meldet sich Hanno zu Wort, «mir ist nur ein bisschen schlecht.»

«Keine Angst», sagt seine Sekretärin und legt ihm fürsorglich ein tropfendes, mit Eiswürfeln gefülltes Geschirrtuch auf die Stirn, «der Krankenwagen ist schon unterwegs.»

Hanno schiebt unwillig den Eisbeutel weg, setzt sich auf und sagt: «Krankenwagen, so ein Quatsch! Geht doch schon wieder. Ihr kümmert euch um die SDS-Kids. Ich bin in zehn Minuten wieder bei euch.»

Dann rutscht er von seinem Schreibtisch und geht in die Knie, bevor er richtig auf die Beine kommt. Da ihn niemand allein halten kann, kommen alle herbeigestürzt und lassen ihn langsam zu Boden gleiten. Felix ist das Letzte, was Hanno sieht, bevor seine Augen sich ins Weiße verdrehen.

«Der hat hier nichts verloren», nuschelt Hanno noch matt. «Sorgt dafür, dass ihn keiner sieht.»

Ein paar Minuten später kommt der Krankenwagen, und Hanno bekommt eine Spritze, die den Kreislauf stabilisiert. Obwohl er schon wieder protestieren kann, hieven die Sanitäter ihn in einen Rollstuhl und schieben ihn hinaus. Zur Beobachtung, so heißt es. Als die Fahrstuhltür sich hinter ihm schließt, ist es plötzlich still, und Felix steht allein im Flur. Irgendwo klingeln Telefone. Nur keine Irritation, business as usual, schnell zurück zur SDS-Mischpoke und den anderen Kunden. Schließlich winkt Isabell ihn in ihr Zimmer. Die Arbeitsplätze sind leer, auf den Monitoren tummelt sich als Bildschirmschoner eine Delphinfamilie.

«Setz dich», sagt Isabell und legt ihm einen Ordner mit Computerausdrucken hin. «Beeil dich und denk daran: Du hast das hier nie gesehen.»

Um für Serien die Rankings zu ermitteln, werden repräsentativen Testpersonen ausgesuchte Schlüsselfolgen vorgespielt. Dabei erhalten sie ein Gerät, das aussieht wie eine Fernbedienung, aber über Wohl und Wehe ganzer Generationen von Soap-Darstellern entscheidet. Über verschiedene Schieberegler können sie angeben, wie sympathisch sie einen Darsteller finden, ob sie die Handlung spannend finden oder, schlimmstenfalls, wann sie ausschalten würden. Daraus ergibt sich für jeden Darsteller eine persönliche Kurve. Ergänzt durch Fragebögen und durch Roundtables, wie gerade nebenan einer stattfindet, erfährt man auf diese Weise ziemlich präzise, was der Zuschauer sich wünscht.

Natürlich sind diese Unterlagen streng geheim. Felix kennt keinen Darsteller, der jemals Einblick in die sensiblen Daten gehabt hätte. Kompliziert zu lesen ist das Ganze nicht. Er braucht nur ein paar Minuten, um einen Überblick zu bekommen. Seine eigenen Werte sind vor denen von Cora auf dem zweitschlechtesten Platz. Man hätte sich das denken können. Kein Mensch kann so penetrante Gutmenschen wie Dr. Borg ertragen. Die Storys, die ihm im letzten Jahr zugemutet worden sind, waren hart an der Schmerzgrenze: Erst übernimmt er aus heiterem Himmel die Praxis, nachdem er einen knappen Monat zuvor das Staatsexamen bestanden hat, dann die unglückliche Liebe zu dem blinden Flüchtlingsmädchen, gefolgt von der Erpressung durch Cora, und als nächstes wird er einen Impfstoff gegen die geheimnisvolle Virusinfektion entwickeln, die zum Jahresende die Serienbevölkerung dezimieren soll. So, wie seine Kurve aussieht, wird das Virus wohl auch ihn dahinraffen.

«So, so», sagt er und klappt den Ordner zu. «Und wie passiert's? Vermutlich in heroischer medizinischer Pflichterfüllung.»

«Noch nicht ganz klar», sagt Isabell. «Letzte Woche waren die Storyliner hier. Es wird alles ganz anders. Der Sender will Gemetzel. Wahrscheinlich wird es ein Anschlag moslemischer Extremisten, vielleicht ist der Kellner ein Schläfer. Dann sind sie auch den Döner-Imbiss los, den der Zuschauer ohnehin nicht mag, und es ist billig zu drehen. Bumm, Explosion, alles fällt um, Rauch und Flammen, ein paar Verwundete und, wie sich nachher herausstellt, jede Menge Tote. Im Bild muss das ja gar nicht alles zu sehen sein. Dann kann man immer noch entscheiden, wer überlebt.»

«Danke», sagt Felix. «Vielen Dank.»

Er könnte heulen vor Wut, als er langsam die Treppe hinabsteigt. Das durchschnittliche Todesalter für Darsteller ist neunundzwanzig, einhalb Jahre Lebenserwartung hätte er eigentlich noch. So früh sterben zu müssen! Und dann noch bei einer Explosion! Nicht mal ein tragischer Unfall, irgendein würdiger Einzelabgang mit Großaufnahmen und Geständnissen! Dass es so schlimm kommen könnte, hat er sich nie vorgestellt. Der Tod im Off ist wirklich das Erniedrigendste, was man einem Schauspieler antun kann.

Kapitel 13 Die letzte Lola

Veras Nagelstudio ist nach wie vor im Westen, das ist wie mit Zahnärzten, Friseuren, Schustern, Kunststopfereien und chemischen Reinigungen. Wenn sie etwas taugen, praktizieren sie in irgendwelchen obskuren Ku'damm-Seitenstraßen, die ein Ortsunkundiger niemals findet. Deshalb behaupten Zugezogene auch immer, so etwas gebe es in Berlin nicht. In Wahrheit behalten die Alteingesessenen diese Adressen einfach für sich, als Überbleibsel der Frontstadtmentalität gewissermaßen und als Abgrenzung gegenüber den Westdeutschen und den Ostdeutschen, denen der ehemalige Westberliner sowieso nie über den Weg getraut hat.

So kann man am Nachmittag eines beliebigen Wochentags in *der* chemischen Reinigung genauso viel Vor-Mauerfall-Lokalprominenz treffen wie auf einer *BZ*-Kulturpreisverleihung. *Perfekt-Reinigung West* steht in weißen Klebebuchstaben auf dem Fenster, im Hintergrund arbeiten zwei mongoloide Büglerinnen, an der Wand hängen angegilbte signierte Bilder von Günter Pfitzmann, Brigitte Grothum, Edith Hancke und Eberhard Diepgen. Aber auch Paul van Dyk wurde hier schon gesehen. Dabei ist der aus dem Osten, ein Reinigungs-Parvenu sozusagen.

«Ach, die Frau Magun. Sie sind ja jetzt selten zu Gast bei uns.»

Ein leiser Vorwurf ist nicht zu überhören.

«Wissen Sie, die Wege in Berlin jetzt…»

Vera wuchtet eine große Reisetasche voll schmuddeliger Garderobe auf den Tresen. Die Besitzerin, eine glänzend braune, rundliche

Blondine unbestimmten Alters mit festgesprayter Hochfrisur, pinkfarbenem Lippenstift, Brille an der Kette und viel kleinteiligem Goldschmuck, den ihr Mann bei jedem Anlass um einen Anhänger aufstockt, lehnt schon mal Aufträge ab, wenn ihr die Kundschaft nicht passt. Schließlich lässt Brigitte Mira seit dreißig Jahren hier ihre Kostüme reinigen, da muss man schon auf sich halten. Glücklicherweise gehört Vera dazu, irgendwie zumindest, auch wenn man hier mit Befremden zur Kenntnis genommen hat, dass sie rübergemacht hat in den Osten, wo der Westberliner nur einmal im Jahr hinfuhr, um seine alten Sachen loszuwerden. Von den Verwandten gab es im Gegensatz zur Altkleidersammlung ein Dankeschön und eine Soljanka, und für Schwarzafrika waren die Sachen denn ja doch zu gut. Heute fährt man gar nicht mehr, und die Verwandten bleiben auch wieder, wo sie sind.

«Undank ist das», sagt die Frau von der Reinigung dazu, und ihre Bettelarmbänder klimpern. «Das ist Undank.»

Vera steckt den Abholzettel ein und verabschiedet sich freundlichst. Seit man ihr in der Torstraße einmal die Plissierung aus einem Issey-Miyake-Teil gebügelt hat, ist sie wieder bereit, fünf Minuten mit der Frau zu reden und dreifache Preise zu akzeptieren.

Was ihre Nägel anbetrifft, so denkt sie nicht daran, diese von zugereisten Maniküren aus Neubrandenburg verunstalten zu lassen. Zudem ist der Nagelberater ihres Vertrauens immer auf dem neuesten Stand: Wer sich welche Nägel für welchen Anlass hat machen lassen, gerade oder rund gefeilt, welche Farbe, welche Länge, welcher Stil. Das ist wichtig. Sonst läuft man am Ende mit den gleichen Nägeln herum wie Naddel oder Thea Gottschalk.

Das Studio ist ein bisschen auf klinisch gemacht, weiß in weiß, und heißt *The Art of Nail*. Die Spezialität des Hauses ist es, abgekaute

Fingernägel auf natürlich zu restaurieren. Und die haben ja viele, auch Männer. Vera weiß von Politikern, die sich Lolito heimlich ins Ministerium kommen lassen, und auch Hanno John ist Kunde. Eigentlich wollte Lolito seinerzeit einen Friseursalon aufmachen, sattelte stattdessen aber auf Nägel um. Frisöre mit großem Ego gebe es genug in Berlin, der Konkurrenz müsse man sich ja nicht aussetzen. Der Nagelmarkt hingegen befinde sich komplett in der Hand gepiercter Pischken, die am Wochenende als Gogo-Tänzerinnen in Großraumdiskotheken an der A 5 auftreten. Für jemand mit Stil und Geschmack sei das Metier eine wahre Goldgrube.

Natürlich ist es ein Klischee, dass Unternehmen der Kosmetikbranche getarnte Nachrichtenbörsen sind, aber Leute, die behaupten, dass irgendwas ein Klischee sei, haben meistens von der Sache selbst keine Ahnung. Dass Klischees nicht immer wahr sind, aber meistens, davon ist Vera überzeugt.

Aus diesem Grund ist der Besuch im Nagelstudio für sie gleichermaßen aufregend und entspannend. Das Verlängern, Feilen, Cremen und Lackieren beruhigt sie so sehr, dass sie immer kurz vor dem Wegdämmern ist, gleichzeitig steht sie unter wohliger Hochspannung. Jeder Nebensatz könnte eine Information enthalten, und man muss genau hinhören, denn diskret ist Lolito ja.

Das Nagelstudio fungiert als eine Art Ständige Vertretung, wie sie die Bundesrepublik früher in der DDR hatte. Keine offizielle Botschaft, eher ein Kanal, ein toter Briefkasten, über den man Kontakt in verschiedenste Richtungen aufnehmen kann: Ob man eventuell gewillt ist, sich mit Leuten wieder zu arrangieren, ob man zu einer Einladung geht oder besser nicht. Auch Gerüchte lassen sich hier ideal streuen. It's all about information and disinformation – Nixon hat das mal gesagt, und Vera ist derselben Meinung.

Heute ist die Sitzung eher mau, aber was will man von einem Montag im August groß erwarten? Schulferien, Semesterferien – Sauregurkenzeit eben. Krokodile im Rhein, Salmonellentote im Seniorenheim – und Hanno John.

«Ja, vor zwei Tagen», weiß Lolito, «mitten in einem Meeting. Die Sekretärin hat seinen Termin abgesagt. Die Nerven, alles nur die Nerven. Mindestens zwei Monate Ruhe und eine Therapie, meinen die Ärzte. Ehrlich gesagt, wenn man seine Nägel kennt, wundert man sich nicht.»

Armer Hanno, denkt Vera. Typisch für diese Männer, die immer tun, als könne sie nichts umhauen. Und kaum kriegt die Fassade Risse, sitzt da plötzlich ein gestresstes Sensibelchen. Während Lolito weiterfeilt, erkundigt er sich nach Veras Zukunftsplänen.

«Und? In der nächsten Zeit?»

Vera stellt sich die Leute oft mit einer Gedankenblase über dem Kopf vor, wie im Comic; und übersetzt bedeutet Lolitos Frage ungefähr: Wir haben ja lange nichts mehr von dir gehört; willst du dich jetzt endgültig zur Ruhe setzen?

«Alles beim Alten», sagt Vera, und das stimmt sogar. Da ist wieder einmal nichts. Sie hat keinen Mann. Zumindest keinen greifbaren. Sie hat keinen Job. Das Finanzamt will Geld. Aber das beunruhigt sie kaum. Ab einem bestimmten Punkt ist man damit beschäftigt, den Status Quo zu halten. Ein Jahr läuft's, das nächste nicht so, irgendwie kommt man über die Runden.

«Wo ist denn Reza?» (Blase: Seid ihr immer noch verlobt?)

«Jetzt ist er schon fast ein halbes Jahr weg», seufzt sie. «Ich fliege am Wochenende zu ihm.»

Und plötzlich überkommt es sie. Wenn schon nichts los ist, kann man doch wenigstens so tun, als ob. Sollen die Leute doch was zu reden haben. Dann kommen sie wenigstens nicht auf die Wahrheit.

«Außerdem ...» Sie lässt das Wort so lange im Raum stehen, bis Lolito nachfragt.

«Außerdem was?»

«Ach, ich sollte nicht darüber reden. Du weißt schon, Sachen, die noch nicht spruchreif sind ...» Vera fixiert Lolito streng, um sich seiner Verschwiegenheit zu versichern. «Eine Rolle.»

«Ach was!» (Blase: Hast du überhaupt schon mal was gespielt außer dir selbst?)

«Die Chance für mich. Eine internationale Produktion.»

Vera ziert sich ein bisschen und macht auf ernst und bescheiden.

«So, wie man sie nur einmal im Leben kriegt.» Lange Pause, gesetzter Tonfall. «Ich soll eine lesbische Doppelspionin im Dritten Reich spielen, die sich als Haushaltshilfe getarnt auf dem Obersalzberg an beide ranmacht.»

«An beide?»

«Na, du weißt schon.»

«Neeeein», quietscht Lolito auf, als er endlich begreift, und vermalt sich.

«Das passt ja toll!» Hat er wirklich *passt* gesagt? *Ist* würde er bei Nachfrage natürlich behaupten. Leise fluchend versucht er mit einem Q-Tip und Nagellackentferner zu retten, was zu retten ist. Nachdem Vera von sich aus nicht weiter spricht, nimmt er den Faden wieder auf. «So was richtig Ernstes also? Aber haben die Leute das nicht über? Immer wieder dieser Nazikram ...»

«Aber es ist auch lustig», verteidigt Vera sich pikiert. «Böse und lustig, aber auch mit Tiefgang. Modern eben. Eine Nazikomödie mit Gesang.»

Lolito ist kurz vorm Hyperventilieren, legt den Föhn beiseite und entfernt vorsichtig die Wattebäusche zwischen ihren Zehen. «Ja, Schatz! Und worum geht's dabei genau?»

Vera schlüpft in ihre Schuhe und folgt Lolito zur Kasse.

«Darf ich nicht drüber sprechen. Aber es gibt einen Titel. Den haben wir uns schützen lassen.»

«Und der wäre?»

Er schmeißt das Geld achtlos in das Fach, lässt die Kasse zuschnappen und begleitet sie zur Tür. Küsschen rechts, Küsschen links und eins in Reserve.

«Lie-bes! C. U.» (Blase: Dumme Kuh, ich krieg's auch so raus, wenn du's mir nicht sagen willst!)

Vera hat sich schon immer über die erstaunliche Anzahl von Film-Lolas gewundert. Als gäbe es keinen anderen Namen. Was immer sich die Leute davon versprechen: Lola Lola, Rote Lola, Lóla rennt, Pornofilme mit schamlosen und geilen Lolas, der bescheuerte Filmpreis und weiß der Himmel, was für Lolas noch. Mit diesem Film, wenn es ihn denn gäbe, könnte sie unsterblich werden und gleichzeitig dem Lola-Unwesen ein Ende bereiten. Die Idee verfolgt sie schon seit Jahren. Vielleicht sollte sie sich wirklich Gedanken um einen möglichen Inhalt machen. Vera wartet bis zum allerletzten Moment, als sie schon auf der Straße steht. Dann sagt sie bedeutungsvoll die Worte:

«Der Film heißt *Die letzte Lola*.»

Kapitel 14
Fast wie neu

Wenn Hanno etwas nicht ertragen kann, dann ist es das Gefühl der Hilflosigkeit. Läuft es im Job nicht, gibt es immer etwas, das man tun kann, um die Entwicklung positiv zu beeinflussen. Wenn der Körper nicht funktioniert, so sind das Umstände, denen man ausgeliefert ist. Das Fehlen einer handfesten Diagnose wie Grippe oder Mumps, bei der man ungefähr weiß, welche Symptome auftreten und wann die Krankheit vorüber ist, erzeugt bei Hanno in den ersten Tagen nach dem *Unfall*, als den er seinen Zusammenbruch sprachlich bewältigt, das Gefühl einer existenziellen Panik, das er so vorher nicht gekannt hat. Ein paar Tage lang bleibt er in seiner Wohnung und geht auf und ab wie ein eingesperrtes Tier, mit dem Büro immer per Handy oder E-Mail verbunden.

Die Agentur hat zwei wichtige Veranstaltungen, von denen Hanno sich nicht vorzustellen vermag, dass sie ohne sein aktives Zutun reibungslos über die Bühne gehen. Doch allein der Gedanke, sich in eine Menschenmenge zu begeben, in der fremde Leute auf die Idee kämen, ihre Augen auf ihn zu richten und ihn anzusprechen, oder er womöglich in eine Drängelei verwickelt werden könnte, bei der er in eine Ecke ohne Tür gequetscht würde, löst neue Beklemmungen und Schweißausbrüche aus. Aber die erwarteten Katastrophen bleiben aus. Mehr noch: Soweit er den Mails der Kunden entnehmen kann, sind diese sogar zufrieden.

«Sie müssen lernen, sich zu entspannen», empfiehlt die Gesprächstherapeutin zu 80 Euro die Dreiviertelstunde, die ihm nebenbei ein paar Meditationsübungen beibringt, das einzig Vernünftige, was diese Frau seiner Meinung nach für ihn tut. Hanno bricht die Therapie nach fünf Sitzungen ab, nicht weil ihm die Psychologin unsympathisch ist oder er ihre fachliche Kompetenz anzweifelte, sondern weil er sich vorkommt wie in einem öffentlich-rechtlichen TV-Movie mit Thekla Carola Wied. Selbst wenn er die Augen geschlossen hält und den verständnisvollen Blick über dem aufgestützten Kinn nicht sehen muss, hat sie genau die gleiche sämig-betuliche Art zu sprechen wie die charismatische Fernseh-Mutti, und auch ihre Fragen meint man alle schon mal auf den Psychoseiten irgendwelcher Illustrierten gelesen zu haben. Hanno lässt die weiteren Termine von seiner Sekretärin absagen und beschließt, die Signale seines Körpers nicht länger zu ignorieren. Er wird sein Leben einem Make-over unterziehen müssen – bei der Marke Hanno John steht der Relaunch an.

Bekannte von ihm haben gute Erfahrungen mit Ayurveda-Kuren in Traben-Trabach gemacht. Diese Situation wäre an sich die Stunde seines Kompagnons Andreas Magrath, aber dieser hat sich nach dem Verkauf seiner Anteile schon vor Jahren in eine bequeme Professur in Linz zurückgezogen und existiert in der Agentur John & Magrath nur noch nominell. Einem Mitarbeiter, den er noch am ehesten der Aufgabe gewachsen hält, ihn zu vertreten, erteilt Hanno zusätzliche Vollmachten. Somit macht er zwei Dinge, die er sein Leben lang für überflüssigen Mist gehalten hat: Delegieren und Urlaub.

Durch die Flure und Behandlungszimmer des Parkschlösschens Bad Wildstein, das in einem idyllischen Mosel-Seitental gelegen ist, geistern Gestalten, die ungeschminkt nur entfernt an ihre Abbilder in der Boulevard-Presse erinnern.

Nach einer Woche Alltagsbreak mit Vollpension, Ganzkörper-

Öl-Synchron-Massagen und literweise heißem Ingwer-Wasser platzt er geradezu vor Energie. Er verbringt nach Absprache mit seiner Exfrau ein paar Tage mit ihrem gemeinsamen Sohn in London.

Philipp besucht jetzt seit über einem Jahr ein Internat in der Nähe von St. Gallen und ist seit ihrem letzten Treffen in die Höhe geschossen. Seinem Vater gegenüber, der seit der Scheidung – und das sind zwei Drittel seines bisherigen Lebens – meist durch Abwesenheit geglänzt hat, benimmt er sich, als sei er mit einem älteren, aber nicht unsympathischen Freund der Familie unterwegs, ein wenig distanziert vielleicht, aber durchaus willens, sich auf ein freundschaftliches Verhältnis einzulassen. Hanno überlegt, dass Philipp sich den Freunden seiner Exfrau gegenüber vermutlich auch nicht anders benimmt, doch ihm ist dieses Agreement nur recht. Das Kumpelhafte liegt ihm mehr als die Rolle einer väterlichen Respektsperson.

London ist, wie üblich, teuer, sehr teuer, aber Hanno hat keine Lust zu knapsen und vergrößert die Zuneigung seines halbwüchsigen Sohns durch gezielte Bestechungen wie eine popstarmäßige Unterbringung im Metropolitan und Besuche aller möglichen Boutiquen und Plattenläden sowie eines Konzerts einer Neo-Electro-Band, die Hanno ungut an die Musik seiner eigenen Jugend erinnert. Zum Abschied schärft er ihm ein, seiner Mutter gegenüber zu behaupten, es sei ein bisschen öde gewesen mit dem Alten. Christiane ist es wahrscheinlich völlig schnuppe, ob sie sich verstehen oder nicht, aber die Heimlichtuerei unterstützt die neu gewonnene Komplizenschaft zwischen Vater und Sohn.

Einen Monat nach dem *Unfall* ist Hanno zurück in Berlin und dank der Kur um gut zehn Kilo leichter. Er fühlt sich wieder auf der Höhe und bereit für einen Freilandversuch. Für diesen Zweck hat er eine Veranstaltung von überschaubarer Größe ausgewählt, das Jubiläum des Schwarzenraben. Das Restaurant liegt in Laufweite, zwei Drittel der Leute werden Bekannte sein, und es gibt einen Fluchtweg über die Terrasse. Als Walkerin für diesen besonderen Abend hat Hanno Stella ausgewählt, die er so einschätzt, dass sie auch das Richtige zu tun weiß, falls er wieder umkippt. Es ist gegen fünf, früh genug, dass der Laden nicht voll ist, als Stella unten klingelt.

«Gut siehst du aus.» Sie küsst Hanno flüchtig auf die Wange und hakt sich bei ihm ein. «Und? Hast du Angst?»

Er zuckt mit den Schultern. Angst ist es nicht, was er fühlt, eher eine Art Spannung, als würde er einem chemischen Experiment beiwohnen. Einem von der Art, wo man zwei klare Flüssigkeiten zusammengießt und das Gemisch plötzlich blau wird. Und manchmal knallt es eben.

Nachdem sie von der Gärtnerstraße in die Linienstraße abgebogen sind und von dort in die belebtere Rosenthaler, hat Hanno seine erste Schrecksekunde, als sie sich Bekannten gegenüber sehen, die auf dem Weg ins Panasia sind. Doch außer freundlichem Blabla ist nichts. Keine Fragen nach seinem Befinden, keine unauffälligen Blickwechsel. Wenn sie je von Hannos *Unfall* gehört haben, dann überspielen sie es gut. Aber wahrscheinlich haben sie es einfach vergessen. Man könnte sich ein Bein amputieren lassen oder auch beide – ein halbes Jahr später würde niemand sich daran erinnern, dass man jemals eins gehabt hat.

«Schon komisch», sagt Stella, während sie langsam an den Schaufenstern vorbeischlendern, «hättest du gedacht, dass wir beide hier mal so langgehen würden?»

«Kaum», gibt Hanno zu.

Stella hat einmal für ihn gearbeitet. Ihre Probezeit wurde damals nicht verlängert, nachdem sie einem Kunden zu deutlich die Meinung gesagt hatte. Mittlerweile weiß Hanno, dass es genau das ist, was er an ihr mag: Zu allem hat sie eine klare Meinung, und sie hält damit nicht hinterm Berg.

Für eine Mitarbeiterin passte sie außerdem zu gut in sein Beuteschema, und er ahnte instinktiv, dass er sie nicht bekommen würde. Warum hätte er sich diese todsichere Niederlage täglich vor Augen führen sollen? Zu seiner damaligen Entscheidung steht Hanno noch immer, auch wenn sie sich inzwischen angefreundet haben. Man darf Angestellte nicht zu Freunden machen und Freunde nicht anstellen. Irgendwann sieht man in ihnen nur noch die Angestellten, nicht die Freunde. Manchmal beschleicht Hanno das Gefühl, dass Stella die Einzige ist, die wirklich ihre Meinung sagt, weil sie in keiner Form von ihm abhängig ist.

«Wie geht's Richard?», erkundigt er sich. Er hat Stellas Freund erst einmal getroffen; ein Mann wie ein Schluck Wasser. «Immer noch glücklich?»

Stellas Antwort irritiert ihn.

«Ja, ich glaube schon», antwortet sie abwesend. «Er ist verreist. Irgendeine Messe.»

Das Grundstück an der Ecke zur Gipsstraße ist immer noch nicht fertig. Baubeginn sollte schon vor zwei Jahren sein, aber besser eine Baulücke als ein weiterer architektonischer Schandfleck.

«Sieh dir das an», sagt Hanno, als sie an den frisch renovierten Rosenhöfen vorbeigehen, «dass man diesen Leuten noch nicht das Handwerk gelegt hat.»

Gemeint ist Hinrich Baller, ein Architekt, der gemeinsam mit seinen wechselnden Ehefrauen seit den siebziger Jahren die Stadt mit Bauten von unverwechselbarer Scheußlichkeit überzieht, erst den

Westen und jetzt den Osten. Seine Markenzeichen sind Beton in organisch anmutenden Formen, pilzartige Säulen und verschnörkelte Stahlgitter an den Balkons und als Zäune. Legendär ist die Baugeschichte einer Spielplatzumrandung am Winterfeldtplatz. Der Zaun musste jahrelang durch einen Bretterverhau geschützt werden, da Kinder sich an den spitzen Enden hätten aufspießen können. Heute stecken auf den Stahlspitzen statt toter Kinder tennisballgroße Silberkugeln, was das Auge in ähnlichem Maße beleidigt. In den Rosenhöfen das gleiche Muster, hier allerdings unter Verwendung von viel Türkis. Dass man das in dieser Saison trägt, kann sich nur um einen Zufall handeln.

«Es gibt Hoffnung», meint Hanno schlau. «Ich setze auf den Winter. Hast du dir diesen spiegelglatten Marmor angesehen? Mit den kleinen Stufen? Die ideale Stolperfalle. Alles nur eine Frage der Zeit.»

Generell hat die Gegend um den Hackeschen Markt gelitten. Das in der gleichen Passage gelegene Lokal Kula Kama ist ein Albtraum in rotem Plüsch, angefüllt mit unbequemem, kurvigem Mobiliar auf Goldfüßen, in dem sich Touristengruppen gern gegenseitig fotografieren. Ansonsten bleibt es leer, hoffentlich so lange, bis es Pleite macht. Zwischen den neuen Kettenläden von Starbucks bis Carras sind MAC und Butter-Lindner das Einzige, was man als Anwohner gebrauchen kann. Auch Läden wie Miss Sixty oder Replay gehören nach Hannos Ansicht eher in die Steglitzer Schlossstraße.

Das Schwarzenraben hingegen ist eine verlässliche Zuflucht. Zwar hat Hanno nie vergessen, dass man ihm einmal einen Ruccolasalat serviert hat, der dabei war, in einen Zustand glibberiger Verwesung überzugehen, aber bis auf diesen Ausrutscher ist die Küche genießbar und das Angebot an Weinen gut.

Hanno und Stella werden mit Handschlag begrüßt, man tauscht Küsschen und Nettigkeiten aus. Ivo drückt ihnen einen Stapel Getränkebons in die Hand. Letztes Mal war noch alles frei, Hanno entgeht das nicht, und statt Büffet gibt es im Keller Notversorgung aus Würsten, Schinken und Antipasti. Sie holen sich etwas zu essen und setzen sich an den reservierten Tisch. Hanno ist locker und beinahe beschwingt. Keine Probleme, keine Zustände, selbst über seinen *Unfall* vermag er zu scherzen. So ähnlich muss sich Liza Minnelli bei ihrem umjubelten Comeback gefühlt haben.

Kapitel 15 They never come back

«Oh! Ja!», haucht die Frau, als würde sie soeben ein unsittliches Angebot annehmen. Ganz offensichtlich eine ehemalige Schauspielerin. Wahrscheinlich macht sie nebenbei Synchron. «Gewiss ... Sie haben einen Anspruch.»

Sie trägt blauschwarz gefärbte Haare und das Make-up einer großen Tragödin. Dabei ist es morgens um zehn und der Raum ein bisschen staubig. Auf der Fensterbank liegt eine tote Fliege.

Der Weg zum Ruhm heißt Oberlandstraße und ist eine trostlose Durchgangsstraße in Tempelhof, gesäumt von heruntergekommenen Industriebrachen, schmuddeligen Autowerkstätten, dem nicht minder deprimierenden Union-Film-Studiogelände und gesichtslosen Nachkriegsbauten, nur unterbrochen von grauen, schmucklosen Altbauten, die auf ihren Abriss warten. Die Aussicht auf die Stuck-Abschlag-Prämie, welche der Westberliner Senat nach dem Zweiten Weltkrieg eingeführt hat, hat die Bewohner dieser innerstädtischen Wüste offenbar bis zur letzten Gipsrosette zu Höchstform auflaufen lassen.

Schon die Anfahrt, kilometerweit vorbei an Stacheldraht und den leeren Rollfeldern des Flughafens Tempelhof oder durchs tiefe Neukölln, vermittelt das Gefühl, am bitteren Ende einer Karriere angelangt zu sein. Hier, inmitten Berlins Viertel mit der höchsten Krebsrate, liegt die Zentrale Bühnen- und Fernsehvermittlung, kurz ZBF.

«Ihre Unterlagen und Fotos haben wir jetzt in der Kartei»,

haucht die Frau und macht sich irgendwelche Notizen. Ihre laszive Stimme steht im merkwürdigen Gegensatz zu ihrem Gesichtsausdruck. Sie macht eine Miene, als sei ihr Schreckliches widerfahren. «Und vergessen Sie nicht, sich abzumelden, wenn Sie selbst etwas gefunden haben. Schönen Tag noch.»

«Ihnen auch», sagt Felix und steht auf. Die Frau starrt ausdruckslos auf einen verbeulten Nissan, der auf dem Parkplatz steht. Die Garbo als Königin Christina am Bug ihres Schiffes auf dem Weg in die Verbannung. Im Warteraum sitzen ein paar Knallchargen der Marke witziger Opa, wie sie gern in Werbespots für Spaßbäder oder Volksfeste eingesetzt werden. Dass es eine Höchstgrenze für Arbeitslosengeld gibt, hat Felix vorher niemand gesagt, und es beunruhigt ihn sehr.

Der strikte Zeitplan, dem er bei *Straßen der Sehnsucht* unterworfen war, war seiner natürlichen Denkfaulheit sehr entgegengekommen, da er die Einheiten, in denen sich das Leben abspielte, genau vorgab. So wie die Serie in Szenen, Folgen und Blöcke unterteilt ist, gestaltet sich das Leben der Darsteller in überschaubaren Daseinsabschnitten: Textlernen, Drehtag, Stichwort. Wenn das rote Licht auf den Kameras angeht, kann man sein Selbst ausschalten und existiert nur noch als Serienfigur. Das ist sehr beruhigend. Man muss sich um nichts kümmern, denn die Storyliner planen – zumindest solange man dabei ist.

Danach reißt der Blick in die Zukunft ab, nichts als ein schwarzes Loch. Leben ohne Drehbuch. Der Sprengsatz, der Felix' Seriendasein beendet, mag für die Zuschauer ein prima Cliffhanger sein. Ihnen reicht es, am nächsten Tag wieder einzuschalten, um zu sehen, wie es weitergeht. Felix kann das nun egal sein. Die Leute, die ihn kennen, gehen davon aus, dass er dreht und ohnehin keine Zeit für sie hat, und über das, was ihn am meisten beschäftigt, seinen glanzlosen Abgang, darf er öffentlich nicht sprechen: Schweigeklausel.

Er hat sich mit der Produktion darauf geeinigt, dass er offiziell freiwillig ausscheiden wird, um sich *anderen Projekten* zu widmen, wie es in der Presseerklärung vage heißt. Doch inzwischen fragt Felix sich schon, ob es richtig war, sich auf diese Regelung einzulassen. Bei einem Ende im Streit hätte er vor der Presse auf die Tränendrüsen drücken können. Allerdings wären dann mit Sicherheit auch seine Umfrageergebnisse durchgesickert. Und über den Marktwert eines ehemaligen Soapdarstellers mit miesen Umfragewerten braucht man gar nicht nachzudenken. Damit kann man Supermärkte auf dem Land eröffnen, sonst gar nichts.

Dabei haben die letzten Wochen wieder richtig Spaß gemacht. Das ganze Team bereitete sich gut gelaunt auf die finale Explosion vor, es wurde gewitzelt, wer welche Behinderungen davontragen würde und welche Auswirkungen diese für die Futures haben könnten: neuartige Gesichtsverpflanzungen, jemand entdeckt seine wunderheilerischen Kräfte und bespricht komatöse Patienten, monatelang Szenen am Krankenbett mit totalbandagierten Figuren, deren Darsteller auf diese Weise mal ein paar Wochen Urlaub bekämen. Doch so ist es eben. Die letzte Zigarette schmeckt am besten, wenn kein Automat in der Nähe ist.

Eine Zeit lang hat Felix sich eingeredet, dass es vielleicht doch ein Hintertürchen gebe, und alle Bekannten gezwungen, als angeblich suizidgefährdete Fans E-Mails an die SDS-Homepage zu schicken und ultimativ seine Rückkehr auf den Bildschirm zu fordern. Theoretisch wäre das möglich: Da man bei dem Anschlag seine Leiche nicht im Bild sieht, könnte er im Koma liegen oder mit Amnesie durch das Off irren und bei passender Gelegenheit wieder reingeschrieben werden. Inzwischen hat Felix sich aber in das Unvermeidliche gefügt. Für Seriendarsteller gilt das Gleiche wie für Boxer: They never come back.

Da Felix' bisheriges Leben weniger von Willensanstrengungen als von Zufällen bestimmt war, lebt er immer noch in dem fatalen Irrglauben, alles werde sich von selbst ergeben, solange er die Ruhe nicht verliert und keinen übertriebenen Ehrgeiz in eine bestimmte Richtung entwickelt. Das Land des Zufalls ist weit, und überall stehen gedeckte Tische, an die man sich nur zu setzen braucht. Satt wird man auf diese Weise allemal, nur kann man sich eben nicht aussuchen, was es zu essen gibt. Das Leben in einer Welt hingegen, in der man etwas Bestimmtes will, bietet breiten Raum für Ängste, Enttäuschungen und Missverständnisse.

Wann ist die Berechtigung größer, sich vor eine Kamera zu stellen: Wenn man weiß, dass man mittelmäßig ist, oder wenn man schlecht ist und glaubt, man sei ein ganz Großer? Felix fühlt sich wie paralysiert und verbringt die Tage mit theoretischen Fragen wie dieser und der, was er denn nun mit seinem Leben anfangen soll. Ansonsten schafft er wenig mehr, als sich ein, zwei Stunden im Sportstudio abzureagieren und bei Milchkaffee und Magazinen in einem Café nach dem anderen herumzusitzen, in der Hoffnung, dass irgendetwas ihn inspirieren möge. Genau genommen weiß er noch nicht einmal, ob er mit der Schauspielerei weitermachen will. Aber was soll er denn sonst tun?

Vielleicht weniger kiffen. Haschisch schläfert den Ehrgeiz ein, Alkohol stachelt ihn an. Wer hat das gesagt? Björk? Biolek? Baudelaire? Er sollte es mit Alkohol probieren. Viele reiche und berühmte Leute sind Alkoholiker.

Solange man nur von A nach B denkt und zurück, kann man wenig falsch machen. In dem Moment, wo man anfängt, von A nach C zu denken oder noch weiter, fangen die Probleme an. Denn wenn C nach A kommt, was kommt dann nach B? Ob das Arbeitslosengeld reicht, um den Standard zu halten, ist vielleicht ein K, und die Frage, ob man die Hypotheken für die Eigentumswohnung auch in einem halben Jahr noch aufbringen kann, kommt irgendwo ganz hinten im Alphabet. Klar ist jedenfalls: Wenn man es einmal mit der Angst bekommt, hat man verloren.

Kapitel 16
Überall ist Lagerfeld

«Warum ziehst du nicht zu mir?», schlägt Vera vor und fischt ein paar Korianderblätter aus dem Glasnudelsalat. Das Zeug verfängt sich immer zwischen den Zähnen. Sie zögert einen Moment und schiebt sich einen weiteren Bissen zwischen die Lippen. Felix ist manchmal etwas begriffsstutzig. «Rezas Wohnung ist ja groß genug. Es gibt drei Schlafzimmer.»

Felix versteht rein gar nichts und legt die Gabel auf den leeren Teller. Wie ein altes Ehepaar, denkt Vera. Alle paar Wochen treffen sie sich bei Monsieur Vuong zum Mittagessen. Jedes Mal das Gleiche: Sie Glasnudelsalat, er Chicken Curry, danach sie grüner Tee, er einen vietnamesischen Espresso.

Vera mustert Felix durch ihre dunklen Brillengläser. Der süße Vogel Jugend ist davongeflogen und hat einen Mann von Ende zwanzig zurückgelassen. Hübsch ist er immer noch. Objektiv sieht er wahrscheinlich sogar besser aus als damals, mit seinen Hermès-Schlappen, dem D & G-Tanktop und einer Hose, die nach Survival-Training aussieht. Was fehlt, ist dieser Schmelz aus Naivität und Unverletztheit, der junge Menschen so anziehend macht. Aber das bedeutet nichts für sie. Vera hat gelernt zu lieben, und sie hat gelernt zu vergessen. Wenn es vorbei ist, kann sie sich nicht mehr vorstellen, was da so Einzigartiges gewesen sein soll. Was im besten Falle bleibt, ist Freundschaft.

«Und was soll das bringen?», fragt Felix. «Glaubst du allen Ernstes, da finde ich eher einen Job?»

«Natürlich nicht. Aber du kannst deine Wohnung vermieten. Was glaubst du, wovon ich im Moment lebe?»

«Keine Ahnung. So genau habe ich darüber nicht nachgedacht.»

Irgendwie scheint er zu glauben, dass jemand wie sie keine materiellen Engpässe kennt. Das ist typisch. Sorgen hat man immer nur selbst.

«Und was sagt Reza dazu? Was ist, wenn er wiederkommt?»

«Was soll er schon sagen? Du bist zu Besuch, wo ist das Problem? Wenn er zurückkommt, bist du am nächsten Tag weg.»

Vera tupft ihren Mund mit der Serviette ab, öffnet eine goldene Puderdose aus der Shalimar-Serie und betrachtet sich im Spiegel. Irgendwann kommt der Punkt, wo einem manche Sachen nicht mehr stehen. Sonnenlicht, besonders um die Mittagszeit, wenn die Falten Schlagschatten werfen, gehört dazu. Sorgfältig erneuert sie ihren Lippenstift. «War nur ein Angebot. Produktion runter, Kosten minimieren. Cash. Denk drüber nach.»

Felix nimmt sich ihren Teller, verputzt die restlichen Glasnudeln und winkt nach der Rechnung: «Ich weiß nicht. Gerade ist bei mir alles fertig.»

Vera klappt die Puderdose wieder zu und kramt in der Handtasche nach dem Geld. «Ich lade dich ein», sagt sie, was nicht mehr oft vorkommt, und mit einem Blick auf ihre Puderdose: «Wusstest du, dass Guerlain die einzige Firma ist, die noch natürliche Inhaltsstoffe benutzt? Alle neuen Parfums haben dieses Scharfe, Chemische. Schrecklich!»

Vera schüttelt sich. Von Dr. de Boer und ihren anderen Schwierigkeiten in Sachen Reza will sie Felix noch nicht erzählen, aber sie braucht jemanden in der Nähe, dem sie vertrauen kann. Wofür, weiß sie selbst noch nicht, schaden kann es jedenfalls nicht. Die besten

Vertrauten sind Exliebhaber. Und Felix' Motivation, zu Geld zu kommen, scheint gerade ungewöhnlich hoch.

Gemeinsam gehen sie die Alte Schönhauser Straße hinunter, vorbei an einem neuen Laden für Wohnaccessoires und ein paar Shops, die alle die gleiche schicke Dutzendware verkaufen. Vor der Claudia-Skoda-Boutique trennen sie sich.

«Viel Glück bei deinem Casting», sagt Vera und öffnet die Tür. «Du musst aufhören, ständig davon zu reden. Niemand will Leute mit Problemen und ohne Geld um sich haben. Man kann sich dann einfach nicht entspannen. Immer muss man überlegen: Können wir dies tun oder das, oder kann er sich es nicht leisten?»

«Die Stimme der Erfahrung hat gesprochen», sagt Felix. «Bis morgen.»

Vera macht ein bisschen Smalltalk mit dem Verkäufer und bezahlt am Ende widerwillig zu viel Geld für ein dünnes, transparentes Strickkleid, das sie vor ein paar Tagen hat zurücklegen lassen. Überall auf dieser Welt werden Prominente umsonst ausgestattet, nur die Berliner Designer haben nichts davon gehört.

Nachdem sie in ein paar anderen Läden nichts findet, verliert sie die Lust am Shoppen und geht langsam nach Hause. Wenn man die Straße heruntersieht, leuchtet schon von weitem die blendend weiße Außenwand des Pools in der Sonne, fünfundzwanzig Meter lang und zwei Meter tief, oben auf dem Dach, Schwimmen mit Blick auf die Skyline. Statisch ein Riesenproblem, das mehreren Zeitschriften Home-Storys wert war. Nach der Maueröffnung waren hier einmal Ateliers für Künstler. Bei der Renovierung des Hauses hat man in Augenhöhe einen Streifen frei gelassen, der das ursprüngliche Äußere zeigt. Reste von Graffitis, Farbschlieren, alte auf den Putz gemalte Ladenbeschriftungen. Das Ganze ist heute hinter Glas. Im Eingangsbereich stehen zwei Sitzgruppen mit Mies-van-der-Rohe-Stühlen und flachen Couchtischen in Rauchglas. Die riesigen Blätter der exotischen Grünpflanzen glänzen, als würden sie jeden Tag poliert. Ansonsten besticht der riesige Raum durch Leere und eine verspiegelte Kaffeebar. Vera grüßt kurz den Portier, der misstrauisch hinter der Bar hervorlugt und ihr den Fahrstuhl ruft. Die Spiegel im Inneren der Kabine haben einen zarten Goldton und machen schlank.

Vera öffnet die Tür, ein Stangenschloss und zwei Zylinderschlösser, und schaltet die Alarmanlage aus. Dazu gibt man einen Nummerncode ein, den sie gelegentlich ändert, das Ganze funktioniert wie ein Hotelsafe. Heute blinkt das Display hektisch: *Reset*. Offenbar hat es einen Stromausfall gegeben. Vera tritt ins große Zimmer. Wie jedes Mal, wenn sie in die Wohnung kommt, lauscht sie auf Schritte oder Geräusche und sucht mit einem Blick nach Anzeichen von Belebtheit, Zetteln, Zeitungen, Taschen oder einer hingeworfenen Jacke. Doch alles, was sich bewegt, ist die Leuchtanzeige des Anrufbeantworters.

Den Hauptraum kann man mühelos überblicken, alles unberührt an seinem Platz, und auch eine Kontrolle der angrenzenden Zimmer und des Obergeschosses ergibt nichts. Trotzdem hat sie ein komisches Gefühl. Sie selbst nutzt nur einen kleinen Teil der Wohnung, kaum mehr als ein Schlafzimmer und die Küche. Vera schließt die Eingangstür von innen ab. Überraschungen kann sie nicht leiden. Vor zwei Jahren hat sich ein Stalker Zutritt zu ihrer Wohnung verschafft, und seitdem ist sie immer noch ein bisschen paranoid.

Was sie über Reza weiß, ist herzlich wenig, und mit jedem Tag scheint es weniger Gültigkeit zu haben. Nur eines weiß sie mit Sicherheit: dass er weg ist. Und das seit fast einem Jahr.

Kennen gelernt haben sie sich an einem Abend im Cookie's,

oben über dem Club. Es war der Sommer der illegalen Restaurants und das Cookie's ein Jahr the place to be, das, was der Paris Bar nur noch zu den Filmfestspielen gelingt. Schon Tage vorher musste man reservieren, möglichst unter Zuhilfenahme irgendwelcher Freunde des Personals. Am Eingang bekam man dann einen Nummerncode mitgeteilt, der sich jeden Tag änderte und einem Zugang zum Restaurantbereich verschaffte.

Vera kann sich genau an den Abend erinnern, es ließe sich sogar das Datum recherchieren, weil es der Donnerstag vor diesem Lagerfeld-Wochenende war. Wo man auch hinkam, Karl Lagerfeld war schon da.

Irgendjemand hatte einen Zehnertisch reserviert, an dem sich sicher die doppelte Zahl an Leuten drängte. Die Tische standen so nah beieinander, dass man immer Rücken an Rücken mit dem Nachbartisch saß, und wenn man es darauf anlegte, konnte man lauschen, was nebenan geredet wurde. Vera spekulierte gerade mit ihrer Tischnachbarin darüber, ob das Paar, dem sie eben so freundlich zugewinkt hatten, sich bald scheiden lassen würde.

«Guck dir die doch an», sagte die Tischnachbarin und begann, sich in Rage zu reden. «Sie sieht völlig verheult aus. Und außerdem ein bisschen aufgedunsen. Ich tippe auf Prozac und ein bisschen zu viel Nasinasi. Hast du ihre Augen gesehen, als sie vom Klo zurückkam? Heieiei! Er hat den ganzen Abend kaum ein Wort mit ihr gesprochen. Ich glaube, sie haben sich einfach nichts mehr zu geben. Traurig, wenn eine Beziehung zu Ende geht, und alle schauen zu. Neulich, als sie nicht dabei war, hat er auffällig lange mit Katherina geflirtet.»

Vera wusste nicht, wer Katherina war, und es war auch egal, da es ja eher um das Prinzip Katherina ging. Sie wollte gerade ihre eigene

Diagnose abgeben, als sich plötzlich jemand vom Nebentisch zwischen ihre Köpfe schob und sagte: «Ich kenne die beiden. Meine Meinung: Sie bleiben zusammen. Übrigens ist sie schwanger.»

Eine peinliche Situation, da die mutmaßlichen Scheidungskandidaten liebe Freunde waren, mit denen man sich häufig zum Essen traf. Um herauszubekommen, wie viel der Mann mitgehört hatte, und um ihn gegebenenfalls davon abzuhalten zu petzen, musste sich Vera um ihn kümmern. Was nicht besonders unangenehm war, da er ziemlich gut aussah, über fünfunddreißig war und ohne weibliche Begleitung, was in der Kombination ähnlich selten vorkommt wie karierte Maiglöckchen.

Er trug einen schmal geschnittenen schwarzen Anzug, ein schwarzes T-Shirt, Prada-Slipper und kurze grau melierte Locken. Ganz offensichtlich kein Student, kein Verkäufer, kein Schauspieler und kein Kellner. Vera ordnete ihn in Richtung Italiener oder Franzose ein. Er war aber Halbiraner, wie sich dann herausstellte, und hatte was mit Kunsthandel zu tun. Der Umstand, dass er zwischen Berlin und Paris pendelte, wirkte ebenfalls recht einnehmend. Dafür hätte man sogar den bizarren Doppelvornamen Reza-Marcel in Kauf nehmen können, aber Vera bestand sofort auf einer Entscheidung. Damit könne man ihn ja niemandem vorstellen, ohne Gelächter oder dämliche Fragen zu provozieren. Er entschied sich, ohne groß zu murren, für Reza, obwohl Vera Marcel lieber gewesen wäre. Der Abend endete damit, dass alle drei ihre Nummern austauschten und die beiden Frauen sich gegenseitig das Versprechen abnahmen, zu warten, welche er anrufen würde. Doch dazu sollte es nicht mehr kommen.

Am folgenden Abend gab es eine Ausstellung in der Torstraße in der Galerie vonrot, wo Lagerfeld Fotos zeigte, die er von DJs und Musikern gemacht hatte. Nicht sehr gute übrigens, wie Vera fand. Die Fotos sahen aus, wie Fotos eben aussehen, wenn man die besten Stylisten, Friseure und Make-up-Leute zur Verfügung hat. Jeder, der auf einen Auslöser drücken kann, ist in der Lage, solche Bilder zu machen. Wieder waren alle da, wie auch auf der anschließenden Party im Fun-Club und am nächsten Tag um sechs Uhr in den Kunstwerken, wo für Lagerfeld ein kleiner Empfang gegeben wurde.

Und hier traf sie wieder Reza, was Vera schon deshalb sehr freute, weil sie über seine Schulter hinweg unauffällig den Ehrengast beobachten konnte. Lagerfeld hatte sich vor einem Fenster aufgebaut, ganz der Profi, Licht von hinten, man bleibt im mysteriösen Halbdunkel, die anderen sind hell ausgeleuchtet und glänzen wie die Schweine. Später wurde sie ihm vorgestellt, und Hedi Slimane stand auch dabei. Vera war allerdings nicht klar, dass es sich bei dem kuhäugigen jungen Mann um einen weltberühmten Designer handelte. Zu ihrer Zeit in Paris war das Haus Dior von distinguierten älteren Herrschaften geleitet worden.

Irgendein geschwätziger Journalist stellte dumme Fragen. Lagerfeld ließ ihn immer ausreden, drehte sich dann zu Vera, wiederholte, was der Journalist gesagt hatte, und machte dazu abschätzige Kommentare: «Jetzt fragt er mich doch wirklich, ob der Anzug aus Kaschmir ist! Flanell ist nie aus Kaschmir! Höchstens zu fünfzig Prozent.»

Auf ein unsichtbares Zeichen hin brachen Lagerfeld und seine Entourage zur nächsten Veranstaltung auf. Im Kino International sollte ein Buch präsentiert werden, für welches der Couturier das Vorwort geschrieben hatte. Zuvor gab es noch eine private Führung durch die Ausstellung. Unten in der Halle wurde auf Großbildleinwänden ein Video aus einer russischen Raketenfabrik gezeigt. Riesige Metallröhren und Triebwerke, die von Fahrzeugen mit winziger menschlicher Besatzung bei Sonnenuntergang durch eine Wüstenlandschaft gezogen wurden. Während alle sich gegenseitig mit Quick-Snaps fotografierten, zog Reza Vera hinter die Großbildleinwand und küsste sie. Zu der Buchpremiere gingen sie nicht mehr. Fünfmal Lagerfeld in einer Woche, das wäre eindeutig zu viel des Guten gewesen.

Kapitel 17
Die Angst und der Aldi

Felix und das Mädchen, das den Koffeinkaugummi erfunden hat, in der Halbtotale vor dem Aufzug. Dann Close-up in der Kabine. Sie küssen sich. Ausgerechnet im Lift. Stella kennt jeden Quadratzentimeter seines Gesichts. Die Haare, durch die sie mit der Hand gefahren ist, die Lippen, die sie geküsst hat, die blauen Augen, die ihr vorkamen wie unergründliche Gletscherseen und die sie heute ausgesprochen nichts sagend findet. Die Grübchen, wenn er lächelt. Felix' Lächeln ist immer noch ein Geheimnis. Die Fahrstuhltür geht auf. Das Mädchen hat eine andere Frisur. Anschlussfehler.

Stella kann sich gut erinnern. Damals war Felix neu in der Serie, und sie hat keine Folge verpasst, weil sie so stolz auf ihn war. Armer Felix. Fast hat er ihr ein bisschen Leid getan, als sie ihn neulich in irgendeiner Klatschsendung über seinen Ausstieg räsonieren sah. Von wegen neue Aufgaben. Natürlich haben sie ihn rausgeschrieben. Aber Stella verkneift sich Häme aus Prinzip, wegen des üblen Karmas, und schmiert sich die gute Grashoff-Orangenkonfitüre aus dem KaDeWe auf den Toast. Sie hat sich entschieden. Sie wird Richard heiraten. Ein Griff nach der Fernbedienung, Bye-bye, Baby.

Im anderen Programm werden Geheimnisse der Tiefsee enthüllt. Biologen haben herausgefunden, dass die weltweite Biomasse an Kraken größer ist als die der Menschheit. Stella liebt unnützes Wissen. Auch die Tatsache, dass der Wasserspiegel des Bodensees gerade um sieben Zentimeter steigen würde, wenn man die komplette Menschheit in ihm versenkte, hat sie schon immer sehr fasziniert.

«Ich fand's gerade spannend», sagt Richard und tunkt sein Croissant in den Tee. «Warum hast du umgeschaltet?»

«Weil ich ein schlechtes Gefühl dabei kriege. Nur Arbeitslose und frustrierte Ehefrauen sehen Soaps zum Frühstück. Und zurzeit bin ich ja beides noch nicht. Außerdem kann ich dir erzählen, wie es weitergeht. Es ist eine Wiederholung.»

«Danke. Nicht nötig.»

Ob Richard weiß, dass sie einmal mit Felix zusammen war? Zumindest hat er es nie erwähnt, und es ist auch egal. Manchmal erzählt sie ihm etwas, aber von sich aus fragt er nie, was vor ihm war. Dadurch nimmt er der Vergangenheit die Bedeutung. Was zählt, liegt vor ihnen. Sie sollte sich einfach mit Felix vertragen. Es ist mühseliger, sich immer aus dem Weg zu gehen, als einen ganz entspannten Umgang zu pflegen, sich ein Küsschen auf die Wange zu drücken und weiterzugehen. Man lächelt, man nickt, man geht weiter. Negative Gefühle sind eine viel zu starke Verbindung, als dass sie die mit Felix teilen möchte. Richard steht auf, steckt das Notebook in die Tasche und nimmt seinen Koffer.

«Ich bin Freitag wieder da, fahre aber gleich vom Flughafen aus ins Büro. Treffen wir uns abends hier und fahren dann gemeinsam raus?»

«In Ordnung», sagt Stella.

Sie bringt Richard zur Tür und sieht zu, wie das große Gartentor sich automatisch öffnet. Richard steigt in den Porsche Cheyenne, der vor dem Haus parkt, und winkt ihr noch einmal zu, bevor der Wagen hinter der Hecke verschwindet. Das Tor schließt sich mit leisem Knarren.

Freitag wird sie Felix mit Sicherheit über den Weg laufen. Die Party zur zweitausendsten Folge von SDS wird Felix nicht auslassen. Schließlich ist das sein letzter großer Auftritt.

Stella wartet, bis die Putzfrau kommt, und fährt dann in ihre Wohnung in der Gärtnerstraße, um die Post und ein paar Sachen zu holen. Zu ihrer Überraschung findet sie sofort einen Parkplatz. Kein gutes Zeichen für die Gegend. Noch hat sie die legendäre Anwohnerplakette 29, die unter Freunden mehrere Monatsmieten wert ist, und auch den Mietvertrag hat sie bisher nicht gekündigt. Eigentlich gibt es keinen Grund, die Wohnung in der Stadt zu behalten, so selten, wie sie abends ausgehen. Wenn es sein muss, kann man ein Taxi nehmen oder ins Hotel gehen. Als sie aufschließt, muss sie mit der Tür einen Stapel Post beiseite schieben. Zuoberst liegt ein handgeschriebener Zettel, wie sie ihn mehrfach schon an ihrem Auto gefunden hat: *Brauchen sie Geld? Gut bezahlter Nebenjob. Rufen Sie Frau König an.* Dann eine Telefonnummer.

Stella sind diese Zettel unheimlich. Was mag sich dahinter verbergen? Und wie perspektivlos muss man sein, um diese Frau König anzurufen? Ansonsten: Werbung, ein paar Einladungen, Flyer, nichts Persönliches. Es riecht muffig, so wie Wohnungen eben riechen, wenn sie nicht benutzt werden. Staubmäuse in den Ecken und schale Erinnerungen in der Luft. Stella packt die für ihre Gestaltung prämierte Zitrus-Presse, die immer nur kleckert, ein paar Sommerkleider und Badesachen ein und geht.

Die Gärtnerstraße liegt wie ausgestorben in der Mittagshitze. Der Weinladen an der Ecke hat ebenso dicht gemacht wie die beiden Galerien gegenüber. Sie wirft einen kurzen Blick hinauf zu Hannos Wohnung. Die Jalousien sind heruntergelassen. Es ist heiß, staubig, und auf den Baustellen wird nicht gearbeitet, ein Stadtviertel nach dem Neutronenbombenabwurf. Abseits der Oranienburger und der beiden Schönhauser ist das hier sowieso ein potemkinsches Dorf. Schilder in den Fenstern. Gewerberäume zu vermieten, die Nummern von Maklerbüros. Aber wer braucht jetzt neue Galerien und Läden für Design-Klassiker? Die Mieten werden fallen, niemand kann sich mehr eine PR-Agentur leisten. Deflation, sinkende Immobilienpreise, zahlungsunfähige Banken und Versicherungsgesellschaften, Hunger, Plünderungen, marodierende Banden.

Stella wehrt sich seit einem Jahr gegen das Krisengerede, doch jetzt erfasst sie eine jähe Panikattacke. Alles, was bisher an ihr abgeperlt ist wie Schmutz an einer neuartigen High-Tech-Beschichtung, bleibt plötzlich an ihr kleben. Sie schaut sich um und sieht das Elend förmlich Gestalt annehmen. Ein Freund von Richard, der Unternehmensberater ist, hat behauptet, die Krise würde mindestens fünf Jahre dauern. *Die nuller Jahre werden als die Zeit der Lifestyle-Apokalypse in die Geschichte eingehen.* Wie schnell doch eine Stimmung umschlagen kann. Vor zwei Jahren war hier noch das gefühlte Zentrum der New Economy, die Hoffnung aller Leute, die raus wollten aus dem Klein-Klein, heute ist alles in sich zusammengefallen wie ein Soufflé, wenn man die Ofentür zu früh öffnet.

Wie soll man Vintage-Hawaii-Hemden vernünftig propagieren, wenn die Leute mehr Angst vor modifizierten Pockenviren haben als vor der falschen Rocklänge? Stella ist zum Weinen zumute. Warum wird man in so eine beschissene Zeit geboren? Wenn sie zehn Jahre älter wäre, hätte sie ihre Schäfchen längst ins Trockene gebracht.

Im Eilschritt läuft sie durch den Park, vorbei an jungen Müttern, die nicht ahnen, welche Entbehrungen auf sie und ihren Nachwuchs zukommen, an Hundebesitzern, die das Chappi bald selbst werden essen müssen, und stürzt ins Bel Air, wo Alexander am Tresen sitzt und irgendwelche Abrechnungen studiert.

«Stella!», sagt Alexander, als sie ihn ungewohnt stürmisch umarmt. «Alles in Ordnung mit dir?»

Stella hat ihre Fassung schon wieder gewonnen, lächelt aber noch etwas verkniffen. Alexander wirkt ganz normal. Die Tische sind gut besetzt, Menschen trinken Kaffee, essen Torte und lachen.

«Ach, es ist nichts. Mir war kurz schwindlig. Der Kreislauf. Was machen die Geschäfte?»

«Ganz gut», meint Alexander. «Eher besser.»

Er winkt dem Kellner und bestellt ihr zum Espresso einen Sambuca. Stella schließt dankbar die Augen, während die klebrige Süße ihre Kehle herunterrinnt. Sie hat ja auch eine Lebensversicherung, und irgendwann wird sie von ihren Eltern ein Haus erben. Aber ist das wirklich Sicherheit?

«Sag mal», sagt sie und lehnt den Kopf an Alexanders Schulter, «gibt es hier einen Aldi oder so was?»

Alexander sieht sie an, als habe sie ihn um die Nummer eines Auftragsmörders gebeten.

«Ich dachte, es geht euch gut», flüstert er. «Habt ihr Probleme?»

«Nein, nein», erwidert Stella und wird rot. «Nur aus Prinzip. Gib's zu: Du warst doch bestimmt auch schon mal da.»

«Also gut. Es gibt hier einen in der Veteranenstraße. Die Mangos kosten 65 Cent. Das ist billiger als in Brasilien. Aber ich kann dir gern auch mal den Metro-Ausweis geben.»

Stella macht sich auf und startet ein gewagtes Experiment mit einem Halblitereimer Tamara Orange. Ob Richard es merkt, wenn sie Aldi-Marmelade in die Grashoff-Gläser füllt?

Kapitel 18
Kunst

Ein raumhoher Maschendrahtzaun und Monitore, auf denen verwackelte Infrarot-Videos von Menschen zu sehen sind, die vor irgendetwas auf der Flucht sind, dazu eine Geräuschkulisse von knirschenden Schritten auf Kies und Hundegebell – so ähnlich könnte man sich das Internierungslager in Guantanamo Bay bei Nacht vorstellen oder auch die Außengrenze der Schengen-Staaten.

Sicher will die Installation irgendwelche Zustände anprangern. Alles muss ja heute wieder politisch sein oder so. So viel weiß sie, was das Ganze hier soll, weiß sie jedoch nicht. Sie hasst Leute, die glauben, mit schlecht gemachten Videos und Performances einen Beitrag zur moralisch-ästhetischen Erziehung der Menschheit zu leisten. Und wie man das Zeug verkaufen kann, ist ihr ein Rätsel, aber sie hat sich erkundigt. Es gibt institutionelle Anleger, sprich Museumsdirektoren, die Steuergelder verplempern, und Sammler, die mit Elementen für Fertighäuser oder ähnlich langweiligen Dingen ihr Geld machen. Die kaufen das Zeug dann in der Hoffnung, dass irgendwann ein Museum nach ihnen benannt wird. Und es gibt Spekulanten, die sich bessere Renditen ausrechnen als bei Aktien oder Immobilien.

Veras Kunstverständnis ist begrenzt und konservativ. Obwohl sie seit Jahren in einer Gegend mit höchster Galeriendichte lebt, hat sie es vor langer Zeit schon aufgegeben, aktuelle Strömungen auf dem Kunstmarkt verstehen zu wollen. In ihrer Jugend liebte sie psychedelische Rockstar-Poster, Modezeichnungen von René Gruau, Tiffanylampen und Jugendstil im Allgemeinen. Auch für Pop-Art konnte sie sich erwärmen, soweit es sich um die Comicbilder von Roy Lichtenstein oder auch die nackten Frauen mit den Ketchupflaschen von Mel Ramos handelte. Nach den jungen Wilden war Schluss. Warum kann Kunst nicht einfach gut aussehen und zur Einrichtung passen?

Veras All Time Favourite ist und bleibt Andy Warhol, mit dem sie ein tragisches Geschick verbindet. Eines der großen Versäumnisse ihres Lebens ist es, dass sie nie von ihm porträtiert wurde. Schon immer hatte Vera eine Schwäche für Warhols Starporträts. Als sie dann irgendwann erfuhr, dass nicht Inspiration oder Charisma jemanden zum Objekt des Meisters machten, sondern schlicht und ergreifend Bargeld, war die Sache für sie klar. Sie nahm umgehend Kontakt auf, doch irgendetwas kam immer dazwischen. Entweder hatte sie das Geld nicht übrig oder Warhol gerade etwas anderes zu tun. Als es endlich so weit, ein Termin vereinbart und der Flug schon gebucht war, starb Warhol bei einer Gallenblasen-OP. Das Warhol-Porträt über dem Sofa, ein Platz in Kunstbüchern und auf internationalen Retrospektiven, Seite an Seite mit Liz, Marilyn und Jackie, das ist ein Traum, der für Vera auf ewig unerfüllt bleiben wird.

«Ich muss dieses Wochenende noch den Entwurf für ein Euthanasie-Denkmal fertig machen. Ich hab's dem Minister versprochen», sagt die kleine, exaltierte Frau neben ihr. Sie trägt Schwarz und auffällige, spitze Sling-Pumps mit einem schwarz-gelben Schachbrettmuster. Auf dem Kopf hat sie einen Berg tuffiger hellblonder Zuckerwatte, ihr blass gepuderter Teint schimmert wie Porzellan.

«Immer noch im Shoa-Business?», mischt sich ein Mann ein. Er hat schlecht blondierte Haare, eine abgeschabte Cordhose und zieht einen alten, kleinen Rucksack auf dem Boden hinter sich her. Außerdem hat er gleich drei verschiedene Zahnfarben. Die Frau fährt unbeirrt fort, ohne ihn eines Blickes zu würdigen, und berichtet von allerlei Mahnmalen, die sie gestaltet habe.

«Das hört sich ja faszinierend an», sagt Vera mit geheucheltem Interesse. «Sind Sie immer so beschäftigt?»

«Seit die *New York Times* einen Artikel über meine Arbeit am Museum für Kunst und Gewerbe in Hamburg veröffentlicht hat, bräuchte ich eigentlich drei Assistenten. Aber ich habe noch einen Lehrauftrag an der UdK, und die Studenten sind so *dankbar*, wenn sie mal etwas tun dürfen, was Spaß macht.»

Vera stellt sich jetzt vor, obwohl die Frau natürlich weiß, wer sie ist. Trotzdem tut sie ganz überrascht.

«Ach, Sie sind Vera Magun!» Sie mustert Vera prüfend. «Doch, doch. Eine Ähnlichkeit ist da.»

Dann lacht sie affektiert, tätschelt Vera die Hand und macht ein Kompliment über ihre Schuhe. Vera, die es hasst, wenn man auf ihre Kosten Witze reißt, ist wieder versöhnt. Wer weiß, vielleicht ist diese Frau ihre Gelegenheit, im Zentrum der Kunstszene anzudocken und der Abend der Beginn einer wundervollen Freundschaft? Vera hat ihren Namen schon mal gehört. Wie Vera findet Agnes die Maschendraht-Installation grässlich und die Galerie ebenfalls. Überhaupt seien Galeristen generell nichts als Halsabschneider. Zu guten Künstlern kämen die Museen und Kuratoren sowieso direkt. So ähnlich denkt Vera über Agenten.

«Im Oktober fahre ich zu *lectures* nach Berkeley, und danach ein paar Tage nach Bellagio in die Rockefellerstiftung. Der Leiter ist ein lieber Freund von mir.»

«Du Ärmste!», sagt der seltsame Mann mitfühlend. «Du musst nach Bellagio? Das liegt doch am Comer See. Im Oktober ist es da bitterkalt und regnet ununterbrochen. Fast wie auf Island.»

Agnes funkelt ihn böse an: «Ich will im Comer See auch nicht baden gehen. Da sind wichtige und bedeutende Leute. Mehr jedenfalls als hier. Außer mir zwei Nobelpreisträger und eine Architektin, die das neue Getty-Museum in San Francisco plant. Da mache ich übrigens zur Eröffnung eine Ausstellung über die Analogien zwischen Hotels in Las Vegas und mittelalterlichen Klöstern. Die haben nämlich genau die gleichen Grundrisse.»

«In Island habe ich auch mal einen Nobelpreisträger kennen gelernt.»

Der Mann wendet sich an Vera und starrt sie durchdringend an, wobei er ihr so nahe kommt, dass sie seinen Atem spürt. Er hat stechend hellblaue Augen, in denen der Wahnsinn flackert. Vera bekommt es mit der Angst zu tun und will einen halben Schritt zurück, doch da ist nur die Wand.

«Wusstest du, dass Island nur einen einzigen Literaturnobelpreisträger hat? Halldór Laxness. Ich habe eines der letzten Interviews vor seinem Tod mit ihm gemacht.»

«Ach! Wie interessant», sagt Vera, was sie umgehend bereut, da ihre Höflichkeit als Bereitschaft zum Zuhören fehlinterpretiert wird. Der Mann fängt an zu gestikulieren und faselt jetzt von einer isländischen Frau, die ihre Kuh ins Elfenreich verliehen hätte. Die Kuh sei allerdings irgendwann wieder aufgetaucht und habe danach mehr Milch gegeben. Vera bekommt einen Lächelkrampf, und Agnes verdreht die Augen, als er kurz unterbricht, um jemanden zu begrüßen.

«Ich kenne ihn», flüstert sie, «harmlos, aber extrem nervtötend. Kann einem ja auch Leid tun mit dieser Art von Spaßkunst, die der macht.»

Die beiden nutzen die Gelegenheit, Telefonnummern auszutauschen. Sofort wendet der Mann sich wieder ihnen zu und stemmt die

Arme in die Hüften, während er zum Höhepunkt seiner Ausführungen gelangt.

«Außerdem», sagt er so stolz, als gehöre es ihm persönlich, «besitzt Island das einzige Säugetierpenismuseum der Welt.»

«Ich brauche jetzt dringend was zu trinken», erwidert Vera brüsk. Was zu viel ist, ist zu viel. Beide Frauen gehen in Richtung der Hinterräume, wo ein improvisierter Tresen aufgebaut ist. Als Vera ihren Wein in der Hand hält, hört sie schon wieder mit halbem Ohr die Worte Rockefeller und Bellagio.

Sie steigt eine Treppe zu einer kleinen Empore hinauf, lässt sich in eine Sitzgarnitur fallen und versucht, ihre Gedanken zu ordnen. Am Morgen hat sie im Quartier 206 nach langem Zögern eine Opossumdecke erstanden, eine Gelegenheit im Schlussverkauf, die nicht wiederkommt. Mehrere tausend Euro hat sie gespart, und die Decke macht sich auf dem Bett ganz wunderbar. Wenn das Geld weiter in diesem Tempo weggeht, steht bald ein neuer Besuch bei Dr. de Boer an. Die Kosten machen ihr Sorgen. Vera sieht den Maschendrahtzaun und die Leute in der Galerie, die das ganz wichtig und zukunftsweisend finden. Wahrscheinlich existieren überall auf der Welt Kulturstiftungen mit riesigen ungenutzten Etats. Gut möglich, dass Reza wirklich eine gehört.

Aber Stiftungen haben Steuervergünstigungen und deshalb einen festgelegten Zweck. Und dass dieser im Kauf von herabgesetzten Pelzdecken besteht, ist mehr als unwahrscheinlich. Deshalb braucht sie jemanden, der etwas von Kunst versteht, jemand, der ihr mehr zu den Bildern in der Wohnung sagen kann.

Draußen vor dem Fenster auf der Straße steht Hanno John. Vielleicht er. Vera hat eine Idee und winkt ihm freudig zu.

Kapitel 19
Der Sitz der Macht

«Ich weiß auch nicht, woran es liegt!» Die dicke Frau schüttelt enttäuscht den Kopf. Dabei gerät der Rest ihres Körpers in eine Art Wellenbewegung, die sich vom Zentrum in die äußeren Gliedmaßen ausbreitet. Er sieht aus, wie wenn man einen Stein in eine Pfütze wirft, besonders schön zu beobachten an ihren Oberarmen, die aus einem großgeblümten Sommerzelt ragen. Fast scheint es, als wolle sie in Tränen ausbrechen.

«Das muss an den Hormonen liegen. Frauen haben eben andere Hormone.»

Sie sieht Hanno vorwurfsvoll an, als sei er es, der geschummelt hat. Sie hat zweihundert Gramm zugelegt, und die anderen Frauen nicken beifällig. Gewiss sind es die Hormone oder auch Wassereinlagerungen im Gewebe. Bei den meisten ist es wenigstens nicht mehr geworden. Mehr als ein Kilo abgenommen hat allerdings nur eine. Hanno hingegen bringt es auf gute zwei, das sind acht Pakete gute deutsche Markenbutter. Hanno stellt sich das Körperfett als eine schmalzartige Substanz vor, in die sein eigentlicher, sein schlanker Körper eingebettet ist und die jetzt, dank seines durch Ayurveda angestachelten Stoffwechsels, abschmilzt wie die Polkappen durch den Treibhauseffekt.

In einer besseren Frauenzeitschrift hat er gelesen, Karl Lagerfeld habe sich in einem *imperialen Akt* neu erfunden, was sich auf den viel bestaunten Diäterfolg von über vierzig Kilo bezog. Über mehrere Seiten ergoss sich ein speichelleckerischer Artikel, der nur einen

Schluss zuließ: Chanel muss riesige Mengen Anzeigenfläche gekauft haben, oder die Redakteurin ist am Verkauf des Diätbuchs beteiligt, das höchstwahrscheinlich längst geschrieben war, bevor Lagerfeld überhaupt ein Gramm abgenommen hatte.

Jedermann scheint ein Rezept dafür zu haben, wie man eine bestimmte Art von Körper herstellt, aber wenn Modedesigner Diätbücher verfassen, ist das nicht bloß bedenklich, es ist geradezu dämlich und unverantwortlicher Leichtsinn. Praktisch bedeutet das die Kapitulation der Mode vor dem Körper, das Eingeständnis, dass es nicht reicht, sich ein Haute-Couture-Kleid überzuziehen, sondern dass es umgekehrt völlig egal ist, was man trägt, solange man einen tollen Körper hat. Das darf man als Designer zwar denken, aber niemals zugeben. Und schon gar nicht öffentlich!

Sportstudios waren doch immer was für Loser. Jetzt trägt man Körper und wertet damit nachträglich all diese Idioten auf, die schon immer Hanteln geschwungen haben. Es ist das Gleiche wie mit Donatella im Badeanzug: Wer braucht Klamotten, wenn nicht mal mehr die Designer an die Magie ihrer Kleider glauben? Sie sägen alle an ihrem eigenen Ast.

Bye-bye, Gucci! Leb wohl, Jean Paul Gaultier! Dress down! Hanno hat die Botschaft verstanden und sich zum ersten Mal seit Jahren eine Jeans zugelegt. Und ein schlichtes, langärmliges schwarzes T-Shirt. Nur Eingeweihte wissen, dass das winzige, ebenfalls schwarze Logo am Saum, das aussieht wie ein Fleck, es zu einem ultimativen Fashion-Item macht. Das ganze ist so hip und low key, das Label hat noch nicht mal einen Namen. Nur den Fleck. Und die Stückzahlen sind so klein, dass das Zeug quasi unterm Ladentisch gehandelt werden muss. Irgendwie muss man sich ja unterscheiden.

In einem *imperialen Akt*, was für eine idiotische Formulierung!

Man stelle sich das Wort mal in einer Werbung vor: In einem *imperialen Akt* haben wir das Charmin-Toilettenpapier kreiert. Der Charmin-Toilettenpapier-Bär ist Hannos Feind Nr. 1. Er hasst dieses Werbetier aus tiefster Seele, weil es physiognomisch seinem alten Äußeren so nahe kommt: Tapsig, plump und unförmig. Geistig ist es auch nicht sonderlich hoch stehend. Dumm grinsend läuft der Charmin-Bär durch die Gegend, scheißt überall hin, geht wieder und hinterlässt Berge reißfesten Klopapiers, die wahrscheinlich biologisch nicht abbaubar sind. Scheißen und sich dabei auch noch wohl fühlen. Wie die meisten Menschen.

Hanno kippelt ein bisschen auf dem Holzstuhl, der verdächtig in den Fugen ächzt, und fühlt sich wie in der Schule. Es riecht nach Tafelkreide und feuchtem Schwamm. Normalerweise haben in diesem Raum Hausfrauen *Spaß mit Tieren aus Stroh*, lernen *Kerzen ziehen aus Wachsresten*, *Englisch für Anfänger* oder was man hier sonst so macht. Einmal die Woche trifft sich seine Gruppe in der Volkshochschule Mitte in der Linienstraße und redet übers Dicksein. Hanno ist der einzige Mann. Die Angelegenheit ist so peinlich, dass Hanno die Weight Watchers als sein persönliches Geheimnis behandelt. Fünf Kilo muss er noch durchhalten. Dann hat er Idealgewicht.

Jetzt berichtet eine andere Übergewichtige, sie trägt eine von diesen Brillen mit Bügel unten, von den Erniedrigungen, welchen sie tagtäglich am Arbeitsplatz ausgesetzt sei. Wenn sie nicht innerhalb von drei Monaten ein Äußeres vorzuweisen habe, das dem Image des Hauses entspricht, sehe die Geschäftsleitung sich gezwungen, sie von der Rezeption in den Innendienst zu versetzen. Das kann Hanno gut nachvollziehen. Wer will im Hotel schon so eine fette Kuh am Empfang sitzen haben?

Und wie man an ihm sieht: Es geht doch. Ihm haben weder die Hollywooddiät, Trennkost, Liposuction noch das Einsetzen eines Bandwurms zu seiner drastischen Gewichtsreduktion verholfen. Pure Willenskraft, kombiniert mit rationalen Diätplänen, Nahrungsmitteldiagrammen und Kalorientabellen.

Hanno verrät den dicken Frauen, dass er jeden Tag heißes Ingwerwasser trinke, und verabschiedet sich höflich, nachdem alle Gruppenmitglieder ihre Diätziele für die kommende Woche formuliert haben. Seine Hochstimmung hält sich, als er die Straße entlanggeht und an einer Galerie vorbeikommt. Wenn es zu eng wird, hat er immer noch Probleme, doch draußen fühlt er sich sicher. Er stellt sich zu einer Gruppe Bekannter und sieht, wie ein paar Leute mit dem *Mann* in einem Hauseingang verschwinden. Der *Mann* ist immer noch der Gleiche, und kurz gerät Hanno in Versuchung, sich ein Gramm zu kaufen.

«Lale ist das Wort», sagt der Mann neben ihm, ein Architekt, mit dem er mal bei einem Wettbewerb zusammengearbeitet hat.

«Welches Wort?», fragt Hanno.

«Na, eine Zeit lang sagten alle Raketenstaub, dann Leckerchen, Nasinasi und jetzt heißt es eben Lale.»

«Und wieso Lale?»

«Wieso nicht?» Der Mann zuckt mit den Schultern. «Keine Ahnung. Ist eben so.»

Hanno sieht sich um, nickt, winkt hier und da und bekommt bald ein Glas Wein in die Hand gedrückt. Vorsicht, meldet sich der innere Zähler: 0,2 Liter Wein haben 140 Kalorien.

«Hast du's schon gehört?», fragt der Architekt.

«Was denn?»

«Die Sache mit dem Klo.»

Hanno fällt bei Klo nur wieder der Charmin-Bär ein, aber es ist wesentlich unterhaltsamer. Wenn es stimmt, ist es sogar ganz groß.

«Jemand hat sich beim Bau des Kanzleramts einen Scherz erlaubt. Du wirst es nicht glauben: Im Mittelpunkt des Gebäudes befindet sich eine Toilette. Es ist niemandem aufgefallen, weil sie die Etagenpläne nicht richtig verglichen haben. Jetzt haben sie einen anonymen Brief bekommen, in dem gedroht wird, es der Presse zu stecken. Stell dir das mal vor: Die ganze Welt wird über Deutschland lachen. Jetzt suchen sie verzweifelt einen Verantwortlichen.»

«Also politisch», meint Hanno, «ist das doch wohl eindeutig der Kohl.»

Schließlich ist Helmut Kohl dem Charmin-Bären wie aus dem Gesicht geschnitten. Hanno stellt sich den Kanzler der Einheit mit einem gehäkelten Klorollenschoner auf dem Kopf vor und sieht durch das Fenster ins Innere der Galerie.

Drinnen bemerkt er Vera Magun, die ihm zuwinkt, als seien sie alte Freunde. Dabei kennen sie sich höchstens flüchtig. Vera erhebt sich, hält Blickkontakt und kommt auf ihn zugesegelt. Hanno findet, dass sie in ihrem Roberto-Cavalli-Neo-Hippie-Look ein bisschen zu authentisch rüberkommt, sie wirkt wie eine nette, etwas aufgedonnerte Hippie-Mutti, und das will sie bestimmt nicht. Das Zeug sieht nur im ersten Durchlauf gut aus, wenn man zwanzig ist, und bei Vera ist es mindestens der zweite. Ob sie mit ihm schlafen würde?

«Vera», sagt Hanno und küsst sie auf beide Wangen. «Seit wann interessierst du dich für Kunst?»

«Schon immer», behauptet sie leidenschaftlich. «Beinahe hätte ich Kunstgeschichte studiert, weil ich Galeristin werden wollte. Leider bin ich nicht begabt genug, um selbst etwas zu machen. Was kann es Schöneres geben, als für die Kunst leben?» Sie wirft die

Arme dramatisch in die Luft, um ihre große Liebe zu den Musen zu unterstreichen. «Wenn ich mehr Zeit hätte, könnte ich mir durchaus vorstellen, selbst zu investieren. Kennst du dich aus mit dem Kunsthandel?»

«Nicht wirklich. Aber du hast ja mit Reza den besten Berater, den man sich denken kann.»

«O ja», sagt Vera und lächelt glücklich, «den allerbesten. Das kann man wohl sagen. Aber eine Frau möchte ihren Mann auch einmal beeindrucken. Wie soll ich das, wenn ich ihn nach allem fragen muss. Ich finde, es muss aus mir kommen. Wie soll er sonst Respekt vor mir haben?»

«Warum singst du ihm nicht was?», meint Hanno in dem Bewusstsein, dass das bestimmt die falsche Antwort ist. «Warum ganz von vorn anfangen?»

Kapitel 20
Ich bin dein Geschöpf

Das Erste, was Felix am Morgen begegnet, ist ein Silberfischchen, das bewegungslos zwischen den Kacheln verharrt, als er das Licht im Bad einschaltet. Zerquetschte Insekten sind ihm ein Gräuel. Er ertränkt das Vieh in einer Lache Chlorreiniger. Ein kurzes Schäumen, ein Zappeln, dann beseitigt er den Kadaver mit einem Papiertaschentuch.

Energisch fegt er mit dem Müllsack in der Hand durch die Wohnung. Weg mit dem Mist, den alten Klamotten, dem Gerümpel und den überflüssigen Erinnerungen. Alles Zeug, dass er gleich beim Umzug hätte entsorgen sollen. Was bringt einen dazu, solchen Kram aufzuheben? Wird er jemals wieder diese Bambus-Rollbrettchen zum Sushi-Selberdrehen brauchen? Kaum! Ebenso wenig wie die Barbie-Puppe mit selbst gebastelten Engelsflügeln, die im Auftrag einer längst ad acta gelegten Liebschaft über ihn wachen sollte. Wegschmeißen macht frei. Was weg ist, ist weg.

Leicht euphorisiert trägt er ein paar Kartons nach unten, die er offen neben dem Müllcontainer stehen lässt. Als er später mit zwei Koffern und der Mietvorauszahlung seines neuen Untermieters das Haus verlässt, sieht er, wie die Leute vom Imbiss an der Ecke anfangen, in dem Zeug zu wühlen: Angeschlagenes Ikea-Geschirr, alte Magazine, Drehbücher, gammlige Klamotten und hässliche Geschenke. Sollen sie damit glücklich werden.

Es ist noch nicht einmal elf. Da Vera vermutlich noch schläft, gibt Felix sein Gepäck unten beim Portier ab und beschließt, ins

Sportstudio zu gehen. Um diese Zeit ist die Chance relativ groß, noch nicht allen Leuten über den Weg zu laufen, die man aus dem Nachtleben kennt, oder in die unvermeidliche Homo-Kontaktbörse zu geraten, die ab dem frühen Nachmittag das Bild bestimmt. Seit das Holmes Place ein paar Mal in der Presse war, bevölkern auch zunehmend Tempelhofer Blondinen das Studio, die sich wahrscheinlich einen halben Tag für die Anreise in die Jägerstraße frei nehmen müssen und hoffen, dort Jungs wie ihn kennen zu lernen.

Manche Leute brauchen das, aber Felix kann es nicht leiden, von Tussen und Tunten beglotzt zu werden, während er verschwitzt in der Butterfly-Maschine hängt. Was nicht heißt, dass er Schwule nicht leiden kann. Eigentlich kommt er mit ihnen besser klar als mit Heteros. Ihre Motive sind klarer: Schwule sind Einzelkämpfer. Entweder sie wollen einen anderen Mann ficken oder sie betrachten ihn als Konkurrenz. Das mit der Konkurrenz ist bei den meisten Heteros ähnlich, aber sie trauen sich nicht, es zuzugeben. Es macht ihnen Angst, wenn man sich ihren vertrauensbildenden Ritualen entzieht, die sie gerade beim Sport auf besonders plumpe Weise zelebrieren. Kumpelige Fitness-Freundschaften mit Hantelhalten und Gelaber über Bettgeschichten. Dabei mitzumachen hat nur zur Folge, dass diese Typen einem später auf die Schulter klopfen und sich in der Disco neben einen stellen, wenn man gerade am Flirten ist.

Als Felix, hübsch aufgepumpt, in einem körperbetonten Shirt und schmal geschnittenem Sommeranzug, das Sakko über dem Arm, aus dem vollklimatisierten Studio auf die Straße tritt, kehrt sein morgendlicher Optimismus zurück. Er hat noch Zeit bis zu seinem Treffen und geht zum Businesslunch ins Borchardt. In Berlin kann man immer noch für unter zehn Euro zu Mittag essen. Menschen aus Hamburg und München versetzt dieser Umstand regelmäßig in Verzückung.

Felix hat Richard Wilden bislang nur einmal getroffen, bei dem Pro 7-Empfang letztes Jahr auf der Berlinale, und wusste damals im Grunde genommen nur, dass der Mann eventuell einmal nützlich sein könnte. Wofür konkret, war nicht klar, da Felix' Zukunft bei *Straßen der Sehnsucht* gesichert schien. Er war als Begleiter einer Kollegin auf dem Brunch, die befürchtete, Wilden sei nicht nur beruflich an ihr interessiert. Ein belangloser Termin voller Namen, Hände und Gesichter, an den Felix sich nur dunkel erinnern kann, weil er völlig zugekokst war. Er weiß nicht mal mehr, ob und was er mit dem Mann geredet hat, geschweige denn, wie er aussieht. Nur dass Wilden eine große Nummer ist und dass er die Visitenkarte aufgehoben hat.

Doch die Liste der Menschen, die etwas für Felix tun könnten, ist nicht besonders lang, da darf man niemanden auslassen. Nachdem er am Telefon lange genug auf ihrer angeblichen Bekanntschaft beharrt hatte, konnte Wilden sich erinnern oder tat zumindest so. Felix, der es bislang eher gewohnt war, dass man sich um ihn bemüht, hatte vor dem Telefonat einen Wodka gekippt und war danach so erschöpft, dass er eine geschlagene Stunde liegen musste. Penetranz ist nicht unbedingt seine Sache und mental ziemlich anstrengend. Das Treffen ist ein Schuss ist Blaue: Man ballert eine Ladung Schrot in die Luft und hofft, dass irgendetwas herunterfällt.

Der Gendarmenmarkt ist mit Gittern abgesperrt, am Abend gibt es irgendein Event im Schauspielhaus, und Felix muss außenrum, um in die Jägerstraße zu kommen. Auf dem Dach neben dem Vau steht eine riesige Satellitenantenne, die das Land mit der Welt von Sat 1 verbindet. Ein paar Häuser weiter hat Wilden sein Büro.

Felix muss nicht lange warten und ist überrascht, wie bescheiden alles ist. Ein billiger Glastisch zum Arbeiten, beinahe ein bisschen schäbig, der Drehstuhl dahinter Kaufhausware, ein Büro ohne Aussage. Jetzt, wo er Richard vor sich sieht, erkennt Felix ihn wieder und fühlt sich einigermaßen beruhigt. Vielleicht war er an dem Abend doch nicht so breit. Wilden ist einfach nicht der Mann, an den man sich erinnert.

«Hallo. Wie geht's?»

Felix grinst breitmöglichst, nimmt auf dem angebotenen Stuhl Platz, rührt in seinem Kaffee und floskelt fleißig vor sich hin. Supergut gehe es ihm, aber es gäbe nicht Neues, und er wolle nur mal Hallo sagen. Sonst habe er ja wenig Zeit gehabt, Freundschaften zu pflegen, und das sei ja jetzt alles anders.

Wilden ist nicht unfreundlich, wirkt aber etwas gelangweilt. Sein Blick schweift immer wieder zum Monitor, und plötzlich weiß Felix, was von ihm erwartet wird. Der Mann will keine Zeit gestohlen bekommen, er möchte einfach nur wissen, was Felix wirklich von ihm will. Vera hat sich geirrt. Man muss nicht immer um den heißen Brei herumreden. Bei manchen Leuten muss man das Problem direkt angehen.

«Ich brauche einen Job», entfährt es Felix in einer plötzlichen Aufwallung von Ehrlichkeit und Sympathie und weil er ein paar von Wilden produzierte Filme wirklich gut fand.

Mit seinem Geständnis setzt er voll auf Risiko. Leute drängen einem ihre Hilfe ja geradezu auf, solange man nicht darum bittet. Die Wahrheit bringt beide jetzt in eine extrem heikle Situation. Er spürt, wie in Richard zwei widerstrebende Impulse miteinander ringen: Ihn schnell abzuwimmeln und sich in Zukunft am Telefon verleugnen zu lassen, oder den Versuch zu wagen, sich als Entdecker einer verlorenen Darstellerseele zu inszenieren. Wenn er sich darauf einlässt, ist er Felix verpflichtet. So wie bei den Indianern. Oder waren es Eskimos? Irgendwo gibt es jedenfalls einen Stamm, bei dem man für den, dem man das Leben rettet, in Zukunft verantwortlich ist. Aber kann man aus einem ehemaligen Soap-Darsteller überhaupt noch etwas machen? Richard lässt ihn schmoren und legt den Kopf ein wenig schief. Felix bekommt feuchte Hände und ist versucht, aufzuspringen und hinauszurennen.

«Sie wiederholen morgens die alten Folgen von *Straßen der Sehnsucht*», sagt Richard bedächtig, «die mit dir. Ich lasse es manchmal zum Frühstück laufen.» Pause. «Du gefällst mir heute besser. Ich finde, du hast Potenzial. Wir können da mal was probieren.»

Ein Film, ein Pilot, eine Serie, ein Casting. Es geht um irgendwas, aber Felix kann gar nicht mehr zuhören, so verstanden fühlt er sich, ganz zustimmendes Nicken und beflissenes Jaja. Das warme, wohlige Gefühl, dass Richard etwas in ihm sieht und bereit ist, sich um ihn zu kümmern, durchflutet ihn. Wie ein weicher Puffer legt es sich um Felix' vom Misserfolg strapazierte Nervenenden und lullt ihn in einen Zustand wohliger Entspannung. Wenn er ein Hund wäre, würde er sich jetzt zum Streicheln auf den Rücken werfen und alle viere von sich strecken.

Es gibt Menschen, die etwas machen, und es gibt Menschen, aus denen man etwas machen kann, Schöpfer und Geschöpfe. In einem Moment der Erkenntnis sieht Felix seine Bestimmung klar vor sich. Es ist gar nicht schlimm, dass er nicht weiß, was er will, dass er kein richtiges Ziel hat. Das ist Teil seiner Natur. Die Zukunft ist ein dunkles Loch, bis irgendwer das Licht anknipst. Vera, Stella, die Storyliner, sie haben ihn geformt. Und jetzt eben Richard. Er ist ein Gefäß, eine Projektionsfläche, ein Geschöpf. Ein Supergeschöpf.

Nimm mich, Richard! Lass es mich sein! Forme mich! Kaufe mich! Ich bin zu allem bereit! Ich gehöre dir! Hallo! Sieh mich an! Ich bin's! Dein Geschöpf!

Kapitel 21
Eine internationale Unterhaltungskünstlerin

Die lange und wechselvolle Karriere der Vera Magun nahm ihren Anfang in jener fernen Zeit, als der Mond im siebten Haus stand und auf den Bühnen dieser Welt das Zeitalter des Wassermanns anbrach. Die Aussicht auf eine Chorrolle bei der englischen Originalinszenierung von *Hair* veranlasste die damals Fünfzehnjährige, sich bei einem Urlaub mit ihren Eltern abzusetzen und die Enge einer katholischen Klosterschule in der Nähe des Starnberger Sees für immer hinter sich zu lassen.

Im Swinging London der Sixties erwarb Vera sich rasch einen Ruf als *The German Girl* und machte sich neben ihren Beziehungen mit diversen, längst verblichenen Rockstars auch durch die Mitwirkung in Filmen wie *Dracula jagt Minimädchen* oder *Maßlos und gemein* einen Namen. Man kannte ihr Gesicht, ihr Name war Kennern geläufig, aber richtig zünden wollte die internationale Karriere nicht. Obwohl ihr gelegentlich sogar Talent bescheinigt wurde, man denke an ihre intensive Darstellung der besessenen Nonne in *Satanische Spiele*, rief weder Hollywood an noch gar Fellini oder Godard.

Vera sah sich bereits in Soft-Sex-Filmen wie *Blonde Emmanuelle* verwelken, als die Discowelle und ein Münchener Produzentenduo sie in den späten Siebzigern mit dem Titel *Cherchez La Femme* in die europäischen Hitparaden spülten. Besonders die Franzosen und Italiener hatten einen Narren an ihr gefressen und verehrten sie als Dance-Diva, während Filmstudenten und Homosexuelle den ausgeprägten Camp-Charakter ihres frühen filmischen Œuvres zu schätzen begannen.

So überstand sie einigermaßen bequem den nächsten Karrierewinter, in dem Punk und New Wave sie schon bald zurückließen, eine Ära, die mit Veras Glamour wenig anzufangen wusste. Eine TV-Show im italienischen Privatfernsehen, bei der Prominente ihren Kleiderschrank öffneten und mit ihr über ihr anstrengendes Leben plauderten, bescherte ihr nach einigen zum Ende hin mageren Jahren in Paris wieder regelmäßige Einnahmen und in Deutschland den Ruf, anderswo weltberühmt zu sein, eine Ikone der Fernsehunterhaltung, deren Bedeutung im eigenen Land zu Unrecht verkannt wurde.

Auch wenn in Wahrheit die Einstellung ihrer Show der Grund war, so gab ihr die Wiedervereinigung einen willkommenen Vorwand, nach Deutschland zurückzukehren. In dieser historischen Stunde wolle sie wieder an vorderster kultureller Front stehen, so ließ sie verlauten, und ihre internationalen Entertainment-Erfahrung dem Heimatland zur Verfügung stellen.

Leider wartete dort niemand auf sie. Vera gab eine Pressekonferenz und wurde durch die üblichen Talkshows gereicht, ansonsten geschah nichts. Nichts von Bedeutung jedenfalls. In Krimiserien, die im Besserverdienermilieu spielten, durfte sie die verwöhnte Gattin geben, auch mal auf dem *Traumschiff* einchecken oder ihre Wehwehchen im *Klinikum Mitte* kurieren, ansonsten hielt sie sich mit Galas und Chanson-Abenden über Wasser.

Erst der Remix eines alten Stücks aus den frühen Achtzigern läutete ein weiteres Comeback von Vera Magun ein: *Be My Loverman* in der Radical-Ibiza-Version brachte es in Deutschland, Polen und Finnland unter die Top Ten, in Frankreich, Spanien und Italien immerhin in die Top Fifty. Doch das ist auch schon wieder zwei Jahre her.

Finanziell hat sich das zwar gelohnt, doch das meiste ist, wie im Musikgeschäft so üblich, an Komponisten, Texter und die Arrangeure gegangen. Als Interpret profitiert man am wenigsten von einem Hit. Man hält sein Gesicht hin, und das große Geld kassieren die anderen. Dem Nachfolgestück fehlte der Überraschungseffekt, und ein neuer Hit war nicht in Sicht. Vera bezahlte Schulden, lebte ein Jahr lang gut und tappte geradewegs wieder einmal in die Fallen des Finanzamts. Dieses verlangt nämlich nicht nur Steuern für bereits erzielte, sondern Vorauszahlungen für geschätzte künftige Einnahmen. Zu viel Gezahltes bekommt man ja wieder, argumentieren da Beamte, die jeden Monat ihr Gehalt überwiesen kriegen und sich ärgern, wenn man Bühnengarderobe von Armani absetzen will.

Die Oder-Flut und die Kirch-Pleite gaben Veras mittelfristiger Finanzplanung den Rest. Eine geplante Krimiserie, in der sie als patente Maklerin in den neuen Bundesländern hätte Verbrechen aufklären sollen, wurde auf Ultimo verschoben.

Jetzt ist sie wieder das, was sie die Hälfte ihres Lebens gewesen ist: Eine Legende ohne Auftrag, berühmt dafür, berühmt zu sein. Bald wird sie fünfzig. Für alles, was sie kann, zu alt und zu teuer. Wenn sie den Zyklus ihrer Hochs und Tiefs betrachtet, kann sie offenbar alle sieben Jahre mit einem Karriereschub rechnen. Danach dauert es noch fünf Jahre, bis wieder ein Nachwuchsregisseur ihre speziellen Begabungen entdecken wird.

Ein Mann wie Reza existierte in Veras Vorstellungswelt nicht, und er kam über sie wie der Deus ex Machina. Vera wusste schon immer, dass sie das Zeug zur Gattin hat, allein, es fehlte immer am geeigneten Kandidaten. Sie kann Blumen arrangieren, Personal beaufsichtigen und ist eine gute Gastgeberin. Aber wenn man im Beruf so viel Kompromisse eingehen muss wie sie, bleibt man sich im privaten gern treu. Ihr Pech ist es, immer an Männer zu geraten, die vollkommen nutzlos sind und eher Geld kosten, als dass sie ihr die Last abnehmen, für den Lebensunterhalt sorgen zu müssen. Glücklicherweise hat der gesunde Menschenverstand sie stets davor bewahrt, sich gesetzlich und vor Gott an einen dieser Typen zu binden. So genügte es im schlimmsten Fall, die Schlösser auszuwechseln, und irgendwann hatte sie sich mit der Situation arrangiert, allein zu bleiben. Bis zu dem Tag, als Reza kam.

Reza hatte nicht nur alles, was Vera an Sekundärtugenden schätzte, Geld, Geschmack, Witz und Auftreten, er war zu allem Überfluss auch noch sexy. Vera war verliebt wie selten. Ihre beiden Leben schienen mühelos ineinander zu greifen, wie zwei Zahnräder, die sich gegenseitig antreiben. Heute allerdings bedauert sie ihre Blauäugigkeit. Hätte sie sich mehr für seinen Background interessiert, dann wüsste sie jetzt vielleicht eher, wo sie ihn suchen könnte, ob es überhaupt Sinn hat, auf ihn zu warten, und wie sie weiter vorgehen soll. Wenn man frisch verliebt ist, lebt man in dem Glauben, alle Zeit der Welt füreinander zu haben. Doch das Schicksal hatte Vera und Reza ganze drei Monate geschenkt.

Vera hatte ein paar Koffer gepackt und sich provisorisch bei ihm eingerichtet. Wenn er da war, waren sie ohnehin unzertrennlich, und sie schätzte die Annehmlichkeiten wie den Pool und die Sauna ebenso sehr, wenn sie allein war. Aber auch wenn der Gedanke sie ziemlich reizte, hatte Vera nicht ernsthaft daran gedacht, Reza zu heiraten. Dazu war es noch zu früh. Er war gut zehn Jahre jünger als sie, und die Geschichte mit der Hochzeit war das Resultat einer Laune, kaum mehr als ein «Klar, natürlich tun wir das!», im Überschwang auf eine Frage so dahin gesagt, im Beisein einer Menge Leute, welche die frohe Botschaft weitertrugen. Später, als sie allein waren, hatten sie kein Wort mehr darüber verloren.

Es war nur ein paar Tage später, als Reza von einem Termin in Brüssel nicht zurückkam. Vera glaubte an ein verspätetes Flugzeug und dachte sich nichts dabei, als sie auch am nächsten Tag nichts von ihm hörte. Geschäfte sind Geschäfte, und Vera war der Meinung, es sei besser, wenn man da nicht zu neugierig war. Nach einer Woche begann sie langsam, unruhig zu werden, ließ sich jedoch nichts anmerken. Die gemeinsamen Bekannten, die fast ausschließlich Freunde von ihr waren, gaben sich mit der Erklärung «Termine» zufrieden und fragten auch nicht weiter nach, als aus den Terminen «Urlaub» und später «Hochzeitsvorbereitungen» wurden.

Als schließlich der Anwalt auftauchte und Fragen stellte, war über ein Monat vergangen. Da war es für eine rationale Erklärung für Rezas Verschwinden genauso zu spät wie für Veras Verhalten. So behauptete sie einfach, in ständigem Kontakt mit ihm zu stehen und ihm die Nachricht, dass er sich melden solle, auszurichten. Das ging ziemlich lange gut.

Irgendwann hörte sie auf zu hoffen, dass Reza eines Tages wiederkäme. Selbst wenn er ein Kapitalverbrechen begangen hätte, hätte es eine Möglichkeit gegeben, ihr eine Nachricht zukommen zu lassen. Sie war überzeugt, dass ihm etwas Schreckliches zugestoßen sei. Eine andere Möglichkeit wollte ihr nicht einfallen, und so tat sie ihm auch keinen Schaden an, wenn sie sein Eheversprechen als Lebensversicherung benutzte.

Sie weinte ein bisschen und schrieb auf seinem Briefpapier an sich selbst eine Rechnung über Artbuying-Consulting. Die ausgewiesene Mehrwertsteuer entsprach ziemlich genau dem Betrag, den sie dringend an das Finanzamt hätte abführen müssen.

Kapitel 22
Alles Schönchen

«Ich kann dir nicht sagen, wer, und auch nicht, warum.»

Vera trommelt nervös mit den Fingernägeln auf die Tischplatte. «Jedenfalls habe ich seit geraumer Zeit das Gefühl, dass jemand in der Wohnung herumschnüffelt, wenn ich nicht da bin. Aber es fehlt nichts, und jeder Fremde muss am Pförtner vorbei, der angeblich nichts gesehen hat. Ich schließe mich abends schon immer im Schlafzimmer ein, weil ich ein komisches Gefühl habe.»

«Meinst du nicht», sagt Felix vorsichtig und entkorkt den mitgebrachten Champagner, «dass das vielleicht noch mit der Geschichte von damals zusammenhängt?»

«Nein, das meine ich nicht», unterbricht Vera ihn unwirsch. «Nur weil einmal ein Irrer bei mir eingebrochen hat, bin ich noch lange keine Hysterikerin. Ich glaube, da sucht jemand etwas. Etwas, das vielleicht mit dem Verschwinden von Reza zusammenhängt. Vor ein paar Wochen stand die Alarmanlage auf Reset. Das passiert nur bei Stromausfall. Ich habe mich aber erkundigt. Es gab keinen. Weder im Viertel noch im Haus.»

«Auf uns», sagt Felix, lässt sich neben ihr auf das Sofa fallen und stößt mit ihr an. Der Raum hat gut und gern seine hundertfünfzig Quadratmeter. Nach der Sitzgruppe kommt erst mal lange gar nichts, dann ein Esstisch aus einem ganz extravagant gemaserten Edelholz, an dem sicher zwanzig Leute Platz finden, und ganz hinten eine offene Küche mit glänzenden, professionellen Gastronomiegeräten, die teilweise durch eine halbhohe Frühstückstheke abgetrennt wird.

Oben ist noch mal so viel Platz: Die Bäder, die Schlafzimmer, den Pool nicht mitgerechnet. Felix hätte nicht gedacht, dass es so was in Berlin gibt, und ist schwer beeindruckt. Wenn die neue Armut so aussieht, verspricht der Sommer für ihn noch ganz spaßig zu werden.

«Ich sehe mich mal um.»

Er springt auf und inspiziert die Fenster. Überall unversehrte elektrische Kontakte, die Tür hat Schlösser, die niemand so schnell aufbekommt, und zur Feuertreppe hat man nur von innen Zugang. Über die Dächer kann niemand kommen. Zu dem einzigen Nachbarhaus hin ist alles mit Nato-Draht gesichert. Es ist still auf dem Dach, nur die Umwälzpumpe des Pools surrt leise, und von fern kann man die Kuppel der Synagoge in der Sonne blinken sehen.

Felix wird klar, dass Vera und er einen ruhigen Spätsommer am Pool vor sich haben, sie können bequem herumsitzen und gemeinsam auf bessere Zeiten warten. Als er die Treppe herunterkommt, hört er seine eigenen Schritte auf dem Parkett hallen und spürt, wie der Alkohol ihm zu Kopf steigt. Endlich hat er wieder jenes Gefühl von Geborgenheit, wie es nur eine schöne, große, teuer eingerichtete Wohnung vermitteln kann.

Vera ist nicht zurechtgemacht und liegt in einem schlampigen Jogginganzug auf dem Sofa. Sie mag sich, so scheint es, von seiner beschwingten Laune nicht anstecken lassen und wirkt angespannt. Aber wer sollte hier einbrechen wollen? Und warum? Felix wühlt ein bisschen in den CDs, dreht die Musik laut und zieht sie aus dem Sofa hoch. *Rich In Paradise*, ein altes Stück aus den Neunzigern, ein eleganter Beat, euphorische Synthies, zischelnde Hi-Hats und immer wieder dieser eine Satz: *You're rich, rich in paradise.*

«Lass den Quatsch», sagt Vera, aber dann lässt sie sich widerstrebend von Felix führen, und beide drehen sich ein paar Minuten schweigend durch den Raum. Felix fragt sich, was Vera wohl täte, wenn er sie jetzt küssen würde. Offenbar denkt Vera das Gleiche und entwindet sich seiner Umarmung.

«Jemand muss einen Schlüssel haben», überlegt sie laut, «Und ich habe keine Ahnung, wer das sein könnte.»

«Aber Reza muss doch irgendwie firmieren. Da muss es eine Anschrift geben, ein Büro und irgendwelche Angestellten. Hast du da mal nachgehakt?»

«Wie denn? Die Einzigen, die ich kenne, sind seine Assistentin und der Anwalt. Und die denken, dass ich weiß, wo er steckt. Oder dass ich zumindest mit ihm telefoniere.»

«Verstehe. Und da komme ich ins Spiel, nehme ich an.»

«Kluges Kind. Du könntest dich doch ein bisschen nach ihm erkundigen. Es muss doch irgendwen geben, der mehr über ihn weiß.»

«Und was kommt für mich dabei heraus?»

«Genug, denke ich.» Vera wirkt ein bisschen pikiert, regiert aber prompt, für Felix ein sicheres Zeichen, dass es hier nicht um einen Freundschaftsdienst geht, sondern um ein Geschäft. «Das werden wir sehen. Wir wissen doch noch gar nicht, worauf wir hinaus wollen.»

Komisch eigentlich. Reiche Leute, die nicht arbeiten müssen, können ewig verschwunden bleiben oder untertauchen, ohne dass irgendjemand sich wundert. Miete, Telefon, Kreditkarten – alles wird automatisch abgebucht. Wenn man kein Geld hat, kommen Rechnungen, Mahnungen und Drohbriefe, und nach spätestens drei Monaten steht der Gerichtsvollzieher vor der Tür.

«Also gut», sagt Felix, «ich schlage vor, dass wir in Zukunft ein paar unauffällige Markierungen anbringen, wenn wir die Wohnung verlassen. Und vielleicht sollten wir auch ein paar Tage verreisen und das allen erzählen. Zu Reza, offiziell natürlich. Falls jemand in der Wohnung etwas sucht, hat er dann mehr Zeit.»

«Aber dann wissen wir immer noch nicht, was er sucht.»

«Ist das für uns so wichtig? Warum geben wir es ihm nicht? Wir müssen doch nur hier bleiben, bis die Lage wieder besser wird. Bis dahin sparen wir jeden Tag, den wir hier verbringen, einen Haufen Geld.»

Vera steckt sich eine Zigarette an und sieht Felix mitleidig an.

«Sei doch nicht so naiv. Es geht nicht darum, ein paar Euros zu sparen. Es geht darum, dieses Zeug zu Geld zu machen.»

Sie deutet an die Wand. Über dem Sofa hängt ein großer Rauschenberg, an der anderen Wand mehrere Zeichnungen von Francesco Clemente.

«Es gibt noch mehr davon», sagt sie. «Das Magazin ist oben.»

Felix ist spontan abgeturnt, weil er nie verstanden hat, nach welchen Kriterien sich bei Kunstwerken die Preise richten. Allerdings würde er gern etwas abbekommen. Und darauf läuft es ja wohl hinaus.

«Was die Bilder betrifft, brauchen wir jemanden, der sich besser damit auskennt. Du wirst Polaroids machen und dich bei Auktionshäusern und Galerien nach dem Wert erkundigen. Da die Bilder hier ja wohl nicht als gestohlen gemeldet sind, dürfte es nicht so schwer sein, sie zu Geld zu machen.»

«Es gibt nur ein Problem», sagt Felix. «Wenn Reza nicht wieder auftaucht, musst du ihn irgendwann verschwinden lassen. Das wird nicht einfach. Und wenn er zurückkommt, möchte ich auch nicht in deiner Haut stecken. Was macht dich eigentlich so sicher, dass er nicht morgen in der Tür steht?»

Vera zuckt mit den Schultern.

«Keine Ahnung. Lass das meine Sorge sein.»

«Willst du denn, dass er zurückkommt?»

Sie macht ein Gesicht, dass Felix fast ein bisschen eifersüchtig wird. Mein Gott, denkt er, sie mag ihn wirklich. Sie würde auf all das Geld verzichten und grässlich peinliche Erklärungsversuche auf sich nehmen, wenn der Mann dafür morgen wieder da wäre. Was soll man da sagen?

«Du kennst ihn nicht. Ich kann mir vorstellen, dass er die Geschichte sogar lustig findet.»

Komische Art von Humor, findet Felix, aber umso besser. Ist ja auch kein Wunder, dass man so draufkommt, wenn der Liebhaber verschwunden ist und man der ganzen Welt etwas vorspielen muss.

«Wir sollten uns langsam fertig machen», sagt Vera. «Ich will nicht, dass alle betrunken sind, wenn wir ankommen. Vielleicht kann man noch mit jemandem reden.»

Da sind die Intentionen ja heute konträr. Felix hat das Gefühl, dass er sich voll laufen lassen wird. Er packt seine Sachen aus und hängt die Anzüge und Hemden in den Schrank. Dann dreht er ein paar Runden im Pool, der optisch so angelegt ist, dass man den Rand kaum wahrnimmt. Es ist, als würde man geradewegs in die untergehende Sonne schwimmen. Noch in Badehose geht er hinein. Vera hat sich ein provisorisches Arbeitszimmer eingerichtet und ist beschäftigt. Sie sieht unverwandt in den Spiegel und klebt Wimpern. Den Gefallen, ihm freiwillig ein Kompliment zu seinem mühevoll erworbenen Sixpack zu machen, tut sie ihm nicht, obwohl er sieht, dass sie ihn im Spiegel beobachtet. Felix kann sich nicht beherrschen. Die Eitelkeit geht mit ihm durch.

«Guck mal», sagt er und imitiert eine professionelle Bodybuilder-Pose.

«Hm.»

Zwei Vergrößerungsspiegel mit Teleskoparmen, die mit Saugnäpfen an einem Standspiegel befestigt sind, davor zwei Stapel aus Getränkekisten, über die sie eine Sperrholzplatte gelegt hat. Vera ist extrem praktisch veranlagt. Vermutlich könnte sie auch im Dschungel eine Schminkkommode konstruieren. Make-up-Tuben, Mascara, Rouge, Lidschattenpaletten, Highlighter und Lipgloss, Haarteile wie Fetische oder Schrumpfköpfe. Felix stellt sich vor, was für ein dämliches Gesicht der Portier gemacht haben muss, als Vera mit der Platte durch sein Foyer marschiert ist.

«Ich habe uns ein Schönchen besorgt», sagt er, legt zwei Lines auf einem Handspiegel aus und hält ihn Vera hin.

Vera, die sich gerade in eine Wolke Haarspray einnebelt, legt die Dose beiseite und schiebt sich den abgeschnittenen McDonald's-Strohhalm in die Nase.

«Wieso Schönchen?», fragt sie und reibt sich die Nase. «Ich denke, Lale ist das Wort.»

«Nö», sagt Felix. «Jetzt heißt es Schönchen.»

Kapitel 23
Innerlich rein

Wenn man Gesundheit und Fitness in den Mittelpunkt seines Strebens stellt, hat man für den Rest seines Lebens etwas vor. Nie wieder Langeweile, der Körper verlangt immer etwas. Optimisten entwickeln so positive Ziele wie dünner, sportlicher und gesünder werden, Pessimisten entdecken überall freie Radikale, versteckte Fette oder entwickeln Symptome schwer nachzuweisender psychosomatischer Leiden. Hanno ist ein unverbesserlicher Optimist. Wenn er so weiter macht, wird er dereinst alle Freunde und Verwandten überleben. Neben dem allwöchentlichen Abend bei den Weight Watchers geht er jeden Morgen laufen, zwei weitere Nachmittage in der Woche sind für Besuche in dem brandenburgischen Städtchen Buckow verplant, wo er sich inmitten der anmutigen Hügellandschaft der märkischen Schweiz und mit Blick auf den Scharmützelsee einer speziellen Therapie unterzieht. Diese Behandlung hat fünf weitere Kilo gebracht. Hanno befindet sich jetzt im unteren Bereich des Idealgewichts.

Eine Siedlung am Waldrand mit Einfamilienhäusern und Kleinwagen auf dem Parkplatz, zwischen denen Hannos Porsche hervorsticht wie ein Model zwischen Missgeburten. Niemand würde auf die Idee kommen, dass ausgerechnet hier eine Kolon-Koryphäe praktiziert. Ob die Nachbarn wissen, was hier geschieht und warum berühmte Schauspielerinnen und Wirtschaftsmagnaten hier ein und aus gehen? An der Persönlichkeit der Heilpraktikerin kann es nicht liegen. Die Frau ist genauso unscheinbar und langweilig wie ihre Umgebung.

Fasziniert betrachtet Hanno sich beim Ausziehen im Spiegel. Er hat noch niemals Grübchen über den Schlüsselbeinen besessen, und sein schlankes Gesicht ist ihm immer noch fremd. Diese dynamische Kinnlinie, diese Wangenknochen! Aber der tollste Effekt beim Abnehmen ist die Wirkung auf die Größe des Geschlechtsteils. Um fast die Hälfte länger, Hanno hat es gemessen. Hatte er seine Ausstattung bislang für eher unterdurchschnittlich gehalten, wundert er sich jetzt, wie viel entscheidende Zentimeter in der Fettschürze verborgen waren. Er fühlt sich wie ein Auto mit neuem Spoiler. Höchste Zeit, dass die neue Karosserie mal eingefahren wird.

Momentan hat er alles gut im Blick. Er liegt unten ohne mit angewinkelten Beinen auf einer Behandlungscouch, anal mit einem Schlauch an einen Spülungsmechanismus gestöpselt, der körperwarmes Wasser in ihn hinein- und wieder herauspumpt. Um den Behandlungserfolg zu dokumentieren, wird die Brühe durch einen beleuchteten Glaszylinder geleitet. Schmutzig braune Flocken tanzen im Wasser, Ablagerungen, die seine Darmzotten seit Jahren mit Giftstoffen verstopfen. Nicht nur äußerlich ist er ein anderer Mensch, nun wird er auch innerlich rein. Und vor Diabetes, Schlaganfall und Herzinfarkt braucht er sich auch nicht mehr zu fürchten. Man hört ja ständig von Leuten, die scheinbar grundlos umkippen und nie wieder zu sich kommen. Ihm wird das nicht passieren. Wie hatte er nur all die Jahre Raubbau an seiner Gesundheit treiben können?

Die Frau zündet eine Räucherkerze aus gerollten Kräutern an und steckt sie in seinen Bauchnabel. Gleichzeitig drückt sie mit der Hand in seine Lebergegend. Aus dem Ghettoblaster zirpt ein Sitar-Orchester.

«Ich aktiviere Ihre Zellen», sagt sie. «Spüren Sie es?»

«Ja, schon», sagt Hanno, auch wenn er sich nicht sicher ist, ob das Kribbeln in seinem Bauch von der Spülung, der feuchtwarmen Hand oder der Räucherkerze kommt, deren Glut sich bedrohlich den Härchen an seinem Bauchnabel nähert. Aber wenn man Warzen oder Gürtelrose besprechen lässt, fragt man ja auch nicht, warum sie weggehen. Schlank, schlank, schlank. Man kann nie zu reich oder zu dünn sein – die Herzogin von Windsor wusste schon, worum es geht im Leben. Nachdem die Frau den Räucherkram entfernt hat, kann Hanno sich entspannen. Sein Gedärm blubbert vor sich hin. Die ganze Prozedur wirkt ungemein beruhigend auf ihn. Als er aufwacht, ist eine halbe Stunde vergangen. Die Frau aktiviert immer noch seine Leberzellen und lächelt, als würde ihr das große Glücksgefühle bereiten. Hanno ist seine Lage plötzlich peinlich. Nachdem der Rektalschlauch entfernt ist, springt er schnell in seine Sachen und drückt ihr einen Hunderter in die Hand.

Langsam fährt er über die gepflasterte Dorfstraße den Berg hinunter zum See. Neben der Kirche gibt es ein Café, das ordentlichen Obstkuchen verkauft, auf der anderen Seite des Dorfplatzes sind ein Bioladen, eine Apotheke und ein Blumenladen. Alles wirkt noch ein bisschen ostig, aber es ließe sich etwas daraus machen. Die Uferstraße eine Promenade zu nennen wäre übertrieben, doch man kommt an einem Schlosspark genannten Park ohne Schloss vorbei und an ein paar Biergärten und Pensionen. Den Weg säumen Häuser mit gepflegten Vorgärten, angefüllt mit unmodernen Blumen. Dahlien, Bartnelken, Tuffs von Feuerlilien und ordentlich begrenzte Beete, im Hintergrund ein paar Obstbäume. An der Anlegestelle neben dem Schwimmbad legen im Stundentakt weiß gestrichene Schiffe ab, die zu einem Ausflugsrestaurant auf der anderen Seite fahren.

Es hat was. Ein Idyll, gerade mal eine halbe Stunde außerhalb von Berlin. Irgendwie muss sich das doch zu Geld machen lassen. Ein exklusives Day-Spa, eine Beauty-Farm, eine Wellness-Oase.

Hanno war immer eins mit dem Job, überzeugt von dem, was er den Leuten verkauft, aber neuerdings macht er sich Gedanken. Es ist weniger die schlechte Auftragslage, die ihn beunruhigt, es ist er selbst. Im Prinzip kommt die Agentur mit ein paar Entlassungen und den Stammkunden über die Runden, doch ihm ist bewusst geworden, wie sehr der berufliche Alltag sein Leben beherrscht. Schließlich gibt es mehr als die Realität der Etatverhandlungen und Kontaktzahlen, der Umstände, der Abhängigkeiten und Sachzwänge. Eine Epoche ist vorbei, und es interessiert Hanno momentan nicht, was als nächstes kommt. Er fühlt sich wie jemand, der sein ganzes Leben lang behauptet hat, die Welt sei eine Kugel, und plötzlich ist sie eine Scheibe.

Kapitel 24
Der weltbeste Partygastdarsteller

Die schwarzen Mercedes-Limousinen, gesponsert von L'Oréal, schieben sich im Schritttempo durch die Menge und halten direkt an dem roten Teppich, der ins Musicaltheater am Marlene-Dietrich-Platz führt. Personal in albernen Phantasieuniformen öffnet die Türen, ein Schuh, ein Bein, ein erster Flash. Dann die Drehung vor den Kameras, ein einstudiertes Lächeln für die Fotografen, ein kurzes Statement, Autogramme. Die Bilder der ankommenden Gäste werden überlebensgroß auf eine LED-Wand eingespielt. Mehr Licht, denkt Felix, mehr Licht. Am besten sieht man aus, wenn man im Gegensatz zur Umgebung eine halbe Blende überbelichtet wird.

Die PR-Abteilung hat wieder alles gegeben und selbst den letzten Fanclub mit Bussen herbeigekarrt, Preisausschreiben in den Teenie-Gazetten veranstaltet und ein Gruppenbild auf dem Titel der *TV Spielfilm* lanciert. Eine Sonderausgabe des *SDS-Magazins*, Auflage eine halbe Million, rekapituliert am Kiosk die Höhepunkte der Seriengeschichte. Es wird kostenlos verteilt. Ein paar Hefte liegen schon am Boden. Kann denn niemand den Dreck wegräumen? Wie sieht denn das aus!

Felix hofft, dass niemandem auffällt, dass er den gleichen Anzug trägt wie bei der Moderation des Creme-Events, aber Anthrazit ist Anthrazit, und die Teile aus der Gratis-Auswahl von Roy Best sitzen nicht. Selbst auf die Gefahr hin, vom kostenlosen Nachschub abgeschnitten zu sein, das Zeug ist in dieser Saison einfach nicht tragbar. An seiner Figur kann es ja nun wirklich nicht liegen. Felix sieht auf der LED-Wand, wie die Fans, die eben noch Vera und ihm zugejubelt haben, sich abwenden und nach den eintreffenden Finalisten einer Casting-Show schreien.

Die Quoten waren super. 6,3 Millionen Zuschauer haben am Vortag die zum Event-Movie aufgeblasene Jubiläumsdoppelfolge gesehen. Davor gab es den Exlusivrückblick auf fünfeinhalb Jahre *Straßen der Sehnsucht*: hinter den Kulissen, vor den Kulissen, beim Dreh und natürlich beim großen Fototermin mit allen Darstellern, soweit die noch nicht das Zeitliche gesegnet haben oder anderweitig unabkömmlich waren. Insgesamt 87 Hauptdarsteller hat die Serie hervorgebracht und verschlissen, die aktuellen nicht mitgerechnet. Einige sind abgetaucht, entsorgt im Orkus der Nichtöffentlichkeit. Niemand weiß, was aus ihnen geworden ist. Einer wurde im Rollstuhl ans Set gekarrt, klapprig, aber tapfer lächelnd, jemand starb an Krebs, ein Autounfall war auch dabei.

Eine Ehemalige – ihren Namen haben offenbar auch die Reporter vergessen, denn es ist immer nur von *der Darstellerin der Sandra Berger* und ihrem tragischen Tod die Rede – hat sich aus dem Fenster gestürzt, unweit von Felix' Wohnung. Ein Leuchtpfeil zeichnete im Bild die Absturzbahn nach, ist ja schließlich eine kritische Doku, die auch die Schattenseiten des Ruhms nicht ausspart. Die Reporterin stand mit dem Mikro vor dem Haus, deutete hinauf und befragte mit ernster Miene die Nachbarn, ob sie sich an die Verstorbene erinnern. Seinerzeit wurde viel über Unfall oder Selbstmord spekuliert, und etliche Drehbücher mussten umgeschrieben werden, ein Super-GAU für die Autoren. Fazit der Reporterin: «Sie hat ihren jungen Ruhm mit ins Grab genommen.» Eine dramatische Musik wird eingespielt. Dann geht es um jemand anders, der jetzt singt.

Felix hat sich die Jubiläumsfolge mit ein paar Joints allein zu Hause angesehen, auf der mit der Knopfdruck ausfahrbaren Leinwand, die Rezas Videobeamer eine verzerrungsfreie Wiedergabe gestattet. Der Beamer ist etwas, um das Felix Reza wirklich beneidet, matt silbern, retrofuturistisches Design mit abgerundeten Ecken und mit brillantem Bild auch bei Tageslicht. Der Champagner und das Sushi blieben unberührt. Vera hatte in letzter Minute abgesagt, und ihm fiel niemand ein, den er spontan hätte einladen mögen.

Danach gab es auf einem obskuren Sender eine Doku über den Hirscheber. Der Hirscheber sieht völlig scheiße aus. Ein Warzenschwein ist nichts dagegen. Gebogene Hauer bohren sich durch den Oberkiefer, er hat kurze, krumme Beine, Borsten, Hautauswüchse, das ganze Programm, und als Krönung tückische kleine, rote Augen. Ekliger ist eigentlich nur der Nacktmull, der aussieht wie ein Altmännerschwanz mit Nagezähnen und sich in irgendwelchen Wüsten durch kilometerlange Gänge wühlt. Aber der kommt erst nächste Woche dran. Die hässlichsten Tiere der Welt, ein tolles Konzept. Eine halbe Stunde Ablachen über die Opfer der Evolution.

Am Morgen hat Felix seinen ersten Job nach der Serie absolviert, ein Kurzauftritt in einem Abschlussfilm der Filmhochschule. Er spielt sich selbst als betrunkenen Partygast – keine große Herausforderung für den weltbesten Partygastdarsteller.

Im Adagio ist alles künstlich. Die Blondinen, die Sonnenbräune, die Antiquitäten, die Blumengestecke, die mittelalterliche Kassettendecke, die Goldrahmen. Im Kamin flackert orangefarbener Stoff über einem Ventilator, die Obstkörbe sehen aus wie im 19. Jahrhundert in Formalin eingelegt. Unter einem Füllhorn klebt ein Preisschild. Auch Las Vegas besteht aus tiefgezogenem Plastik, aber da hat es Charme. Wenn in Berlin irgendwas öffentlich den Anspruch erhebt, exklusiv zu sein, macht man am besten einen großen Bogen drum. Man geht zur Eröffnung, lässt sich voll laufen und danach nie wieder. No-go-Area, es sei denn, es gibt einen Anlass, so wie heute.

Schon im Zwischengeschoss treffen sie auf eine Gruppe Sportler. Ohne der alten Partyregel zu gedenken, bleibt Vera bei einem brasilianischen Stürmer hängen, der nicht wieder von ihr ablassen mag, weil sie ein paar Worte Portugiesisch beherrscht. Dabei weiß jeder: Wenn man die schrecklichsten Gäste auf der Party kennen lernen will, hält man sich an die Fußballer.

Zeit für eine Erfrischung. Auf dem Weg zum Klo trifft Felix eine Frau, die er bei der Berlinale auf dem Empfang der bayrischen Landesvertretung kennen gelernt hat.

«Schöne Stola», sagt er, weil ihm nichts anderes einfällt und sie, so glaubt er zu wissen, Agentin ist. «Was treibst du?»

«Ich lasse mich in Bikram-Yoga ausbilden. Neulich habe ich einen ganzen Raum in Trance versetzt. Ganz unabsichtlich, nur durch meine Stimme. Meine Meisterin ist großartig. Sehr begehrt, auch in L.A. Cameron Diaz durfte eine ganze Woche nur Knoblauch essen, um zu beweisen, dass es ihr ernst ist mit der Aufnahme in den Kurs.»

Felix weiß im Gegenzug von einer lesbischen Cousine zu berichten, die große Erfolge als Hundeheilerin feiert. Seit sie dem Shi-Tsu-Terrier von Karin Flick den kreisrunden Haarausfall weggehext hat, ist sie aus der gehobenen Haustiertherapieszene nicht mehr wegzudenken.

«Bikram-Yoga ...», sagt er. Er ist wirklich noch nicht in Form. «Sollte ich vielleicht auch mal machen.»

«Unbedingt!», sprudelt die Frau weiter. «Du brauchst ein Mantra. Du musst es so lange wiederholen, bis dein Körper die Botschaft verinnerlicht.»

Dann fällt es Felix wieder ein. Die Frau ist von Universal Music. Felix kann alles mögliche, aber nicht singen. Er hat es probiert. Die Single war ein Desaster, an das er nur ungern erinnert wird. Also verabschiedet er sich rasch unter Absonderung der üblichen Floskeln.

«Das musst du mir mal genauer erklären. Ich melde mich die Woche bei dir.»

Den Weg zu den Toiletten nimmt Felix im Laufschritt. Der Klodeckel ist geborsten. Und das in einem Laden, der auf edel macht. Schnell hackt er sich etwas und leckt genüsslich die Karte ab. Beste Qualität, leicht rosa und mit Perlmuttschimmer. Als er die Kabine verlässt, entspannt er sich. Er fühlt sich sexy. Das Leben ist wie Pfefferminz, kühl, frisch und ein wenig scharf. Polarfrisch. Warum gibt es noch kein Eis mit Kokain-Aroma?

Geschmeidig snaket er durch die pseudomittelalterliche Plastikhölle, grüßt, küsst und schneidet Vera, die immer noch ihren Fußballer im Schlepptau hat, der randvoll mit Testosteron und guter Laune seine behaarten Arme um sie geschlungen hält. Das sieht seltsam aus, denn er ist einen halben Kopf kleiner als sie. Vera winkt verzweifelt, aber Felix zwinkert ihr nur zu und unterhält sich kurz mit Daniel, der mit Argusaugen jedes herrenlose Getränk entdeckt, seine Abräumer und Kellner durch die Gegend scheucht und nebenbei seine philosophischen zehn Minuten hat.

Er erläutert Felix seine neue Theorie über den Unterschied zwischen Schwulen und Heteros, der sich seiner Ansicht nach in erster Linie im Drogenkonsum niederschlage. Schwule bevorzugten Special K und Crystal, während Heteros mehr auf Speed, Trips und Haschisch stünden. Eine Kommunikation sei gewissermaßen nur auf

E und Koks möglich, was beide Gruppen gleichermaßen gern zu sich nähmen. Es ist typisch. Leute, die keine Drogen mehr nehmen dürfen, wollen sich wenigstens den ganzen Tag darüber unterhalten.

«Und was ist mit Junkies?», fragt Felix.

«Junkies», sagt Daniel und macht eine wegwerfende Bewegung, «haben überhaupt keine Kommunikation.»

«Was macht Alexander?»

«Da gibt es auch keine Kommunikation.»

Eigentlich müsste Felix jetzt fragen, warum, aber auch Bekannte haben nicht in jeder Situation das Recht, einem Gespräche über ihr Privatleben aufzuzwingen.

«Du, ich muss mal», sagt Felix und steuert auf eine Gruppe ehemaliger Kollegen zu. Er nimmt sich vor, zuerst Britta zu umarmen, da sie sich vermutlich wirklich freut, und so den Kreis aufzubrechen. Er federt auf sie zu und bleibt, schon mit dem Lächeln für Britta auf den Lippen, einen Meter vor ihr an Constanze, der kleinwüchsigen Kostümbildnerin hängen, die ihn abfängt, am Arm packt und kennerisch den Stoff seines Sakkos prüft.

«Was haben wir denn da», sagt sie. «Nichts gelernt von mir. Label machen alt. Zwanzigjährige tragen kein Prada.»

Felix mag ihre Frotzeleien, aber nicht heute. Sie hat eine neongelbe Capri-Hose, hochhackige Sandaletten und ein tief dekolletiertes T-Shirt mit der Aufschrift *Muschi* an.

«Und vierzigjährige Muschis tragen keine Capri-Hosen.»

Grinsend prostet er ihr zu. Britta fällt ihm um den Hals.

«Wo steckst du?», will sie wissen. «Ich habe versucht, dich anzurufen.»

«Ich sitze zu Hause und höre CDs über positives Denken.»

Alle lachen erleichtert und gehen zur Tagesordnung über. Offensichtlich lebt er, offensichtlich sieht er ganz gepflegt aus. Na dann: Cin Cin!

Kapitel 25 Fett

Stellas Einladung ist eine angenehme Abwechslung für Alexander, der sonst einen weiteren, äußerst belanglosen Abend im Bel Air verbracht hätte und nach ein paar Gin Tonic zu viel erschöpft ins Bett gefallen wäre. Neuerdings hat er den Laden am Wochenende an ein DJ-Duo vermietet, das den Eintritt kassiert, während die Gastronomieeinnahmen bei ihm verbleiben, ein ganz passables Geschäft. Die beiden ziehen einen Haufen schlaksig-hübscher Leute mit modisch halblangen Haaren an, von denen Alexander keinen kennt und die fünfzehn Jahre jünger sind als er. Neulich hat er sich dabei ertappt, wie er das Wort *fett* benutzte, wahrscheinlich in einem total falschen Zusammenhang, falls man das überhaupt noch sagt, und wäre danach vor Scham beinahe im Erdboden versunken. Dass er es jemals nötig finden würde, sich derart anzubiedern, hätte er sich nicht träumen lassen.

Generell fühlt er sich überflüssig, da sich die Zwanzigjährigen nur für ihresgleichen interessieren und sich vermutlich wundern, was er hier zu suchen hat. Nichts natürlich, außer nach dem Rechten zu sehen. Am schlimmsten sind die Clubabende für die Einrichtung. Nachdem er sich einmal darüber beschwert hat, dass die Gäste sich mit Schuhen an den Wänden abstützen, und dafür völlig verständnislose Blicke erntete, hält er den Mund und erwägt, untenrum alles mit abwaschbarer Farbe streichen zu lassen.

Vor dem Treffen mit Stella macht Alexander einen kurzen Abstecher in die Firma, doch alles ist verwaist. Der Aufbau hat schon am

Morgen begonnen, und die Sachen waren einfach vorzubereiten. Fingerfood, Preiskategorie C. Dekomäßig gibt es nichts, was seine Anwesenheit erfordert, und Stehtische verkleiden können auch die Studenten. Daniel, man muss es ihm lassen, hat das Veranstaltungsgeschäft im Moment gut im Griff. Eigentlich gibt es keinen Grund zur Kritik. Eigentlich.

«Jetzt muss er einmal im Monat zum Drogenscreening», sagt Alexander und mustert leidend seine Manschettenknöpfe. «Zwei Jahre lang, und wenn sie irgendetwas finden, kriegt er den Führerschein nie wieder. Verwahrlost war das Wort, das angekreuzt war. Ich habe es selbst gesehen. Schwarz auf weiß. Wenn die Polizei jemanden aufgreift, der betrunken ist oder unter Drogen steht, gibt es ein Multiple-Choice-Papier, bei dem für eine spätere Verhandlung das äußere Erscheinungsbild beurteilt wird. Das geht von sehr gepflegt bis verwahrlost, und bei Daniel stand verwahrlost. Das ist doch wohl der Beweis, dass ich nicht übertreibe, wenn ich sage, dass die Situation unzumutbar ist. Er hat jetzt jemanden, der ihn fährt. Den ich anteilig bezahlen muss.»

Er sitzt mit Stella in der Cocktailbar des Hyatt, ein informelles Treffen unter Freunden, bevor die anderen Gäste kommen.

«Und was willst du nun machen?», erkundigt Stella sich.

«Ich weiß es nicht. Am liebsten würde ich mich auszahlen lassen, aber momentan würde ich dabei zu viel Geld verlieren. Wir haben's im Augenblick nicht so dicke. Und versuch mal, heute einen Kredit für Gastronomie zu bekommen.»

«Wenn er zwangsnüchtern ist, wird er ja kaum dauernd ausgehen und das Geschäft vernachlässigen. Findest du nicht, dass er damit genug gestraft ist?»

Daran hat Alexander auch schon gedacht. Allerdings hat es ihm bislang große Befriedigung verschafft, Daniel bei jeder sich bietenden Gelegenheit seine Verfehlungen und die daraus für ihre Firma resultierenden Nachteile vorzuhalten. Dabei waren diese insgesamt zu verschmerzen, und niemand wüsste von Daniels imageschädigendem Verhalten, wenn Alexander es nicht jedem auf die Nase binden würde. Diskussionen zwischen beiden enden jedes Mal mit großem Geschrei und damit, dass Alexander gebetsmühlenartig seinen Auszahlungswunsch vorträgt, den Daniel natürlich nicht erfüllen kann.

Ich geh ja, du kannst alles haben. Ein Wort von dir, und du bist mich los. Ich will ja nichts geschenkt. Nur das, was mir zusteht. Zahl mich aus, und du siehst mich nie wieder.

Insgeheim hat Alexander sich vorgenommen, demnächst schärfere Geschütze aufzufahren. Die nächste Stufe der Zermürbung wäre dann die Drohung, seinen Anteil an der Firma jemandem zu verkaufen, den Daniel absolut nicht ausstehen kann. Er könnte auch schon mit jemandem verhandeln, gerade so auffällig, dass Daniel über Dritte davon erfährt.

Ja, es stimmt. Ich dachte, es sei vielleicht die bessere Lösung. Vielleicht kommst du ja mit jemand anderem besser klar. An mir soll es jedenfalls nicht liegen.

Viel Glück auf dem weiteren Lebensweg. Ehe Daniel die Firma mit einer Frau von Lahnstein weiterführen würde, ließe er sich sicher billig rauskaufen. Am besten wäre, wenn er freiwillig ginge. Dann könnte Alexander ihm später zusätzlich noch vorwerfen, er habe ihn in einer wirtschaftlich prekären Lage allein sitzen lassen, um sich weiter die Birne zuzuknallen.

Alexander kann ganze Abende damit verbringen, an der Bar zu sitzen und über sein Glas ins Nichts zu starren. Dabei spielt er Pläne durch, an deren süßem Ende stets Daniel auf die eine oder andere Weise in der Gosse landet und ihn um Geld bitten muss.

Aber jetzt, wo tatsächlich ein Ende abzusehen ist und er ihn beinahe so weit hat, beginnt Alexander, der Sache überdrüssig zu werden. Es ist wie ein Strategiespiel, das keinen Spaß mehr macht, wenn einer der Spieler einfach aufgibt. Dann wäre es einfach vorbei. Alexander hätte gar keine Lust, die Firma allein zu führen. Deshalb meldet er sich zurzeit überhaupt nicht. Und das irritiert Daniel sicher mehr als alles andere, hofft er.

Stella trägt Valentino Vintage, eine wild gemusterte Chiffon-Tunika über einem kurzen Wildlederrock, die Haare offen und ein paar Nuancen heller als bei ihrem letzten Treffen, sie wirkt aufgeräumt. Sie haben eine halbe Stunde zu zweit, dann kommen die anderen, doch die Idee mit dem Essen erweist sich als Flop. Alexander, gebucht als eine Art unterhaltsamer schwuler Eisbrecher, der dem Abend die Förmlichkeit eines Vorstellungsgesprächs zwischen Richards neuer Freundin und seiner Tochter nehmen soll, bemerkt es gleich, als Richard und das Mädchen hereinkommen, sich suchend umsehen und auf ihren Tisch zusteuern. Stella wird niemals eine gute Stiefmutter abgeben. Vermutlich hat sie ein kleines Mädchen mit Zahnspange erwartet, dem sie die große Schwester machen kann. Alexa ist viel zu hübsch, als dass Stella sich auf Dauer neben ihr wohlfühlen würde. Sie ist hübscher als Stella, irgendwie internationaler. Und wenn man sich Stellas Stammtisch ansieht, fällt eines auf: Von den Freundinnen, die sie sich so aussucht, sieht keine besser aus als sie.

Glücklicherweise ist das Essen im Hyatt so gut, dass man sich notfalls auch darüber unterhalten kann, und später gibt es ja die Party gegenüber. Bella Vita macht das Catering, eigentlich ein Pflichttermin für Alexander. Daniel bekäme umgehend das Gefühl, dass er gekommen sei, um ihn zu kontrollieren. Eine unterhaltsame Option für den späteren Abend.

Nach den gegenseitigen Vorstellungen und Umarmungen – *Was für ein Zufall, Alexa und Alexander, wie süß, ihr habt bestimmt noch viel mehr gemeinsam* – ordert Alexander eine Runde Mai Tais, da ist am meisten Alkohol drin. Wenn es damit nicht gelingt, die Stimmung aufzulockern, weiß er auch nicht weiter. Doch die Konversation lahmt trotz des routinierten Abspulens von Partyanekdoten, die kaum eine Gesprächspause aufkommen lassen. Alexander zahlt unter Protest von Stella, die immer laut protestiert, sich dann aber doch einladen lässt, die Cocktails, und sie gehen hinüber ins Restaurant.

Stella hat sich vertraulich bei Alexa eingehakt, ganz die gute Freundin, und die beiden verschwinden gemeinsam auf dem Klo. Vielleicht wird es ja doch was mit ihnen. Richard bleibt allein mit Alexander zurück und sucht etwas in seinem Sakko. Am Nebentisch sitzt ein Mann, der aussieht wie eine Kartoffel mit der Frisur von Michel Friedman. Richard hat ausgewühlt und zieht mit der Zigarettenschachtel einen zerknautschten Flyer aus der Tasche, den er studiert, als sei das gerade jetzt ungemein wichtig.

«Wie kann man sich bloß DJ Gaspacho nennen?», fragt er kopfschüttelnd und sieht Alexander an, als wolle er sich ernsthaft mit ihm darüber unterhalten. Alexander fühlt in seinem Kopf eine große Leere. Zum Glück bringt der Kellner die Speisekarten, bevor er darauf eine Antwort geben muss.

Kapitel 26
Familientreffen

Der Abend ist unergiebig, aber Felix will sich der allgemeinen Nostalgie nicht anschließen. Er will was erleben und kein Gemecker. Natürlich hat es früher mal gereicht, die Idee zu haben, der größte Online-Gewürzhändler im World-Wide-Web werden zu wollen, um an die Börse zu gehen, und natürlich müssen genau diese Gewürzhändler jetzt ihre Büroeinrichtung an der Konkursmasse vorbei bei E-Bay verkaufen, aber was soll's. Schließlich haben sie ein paar schöne Jahre gehabt. Was hätten sie wohl sonst mit ihrem Leben angefangen?

Felix sitzt rauchend in der Ecke, mit den Gedanken bei einer diffusen Zukunft, die irgendwas mit Reisen und vielleicht auch einem Club zu tun hat. Gastronomie hat ihm schon immer Spaß gemacht. Seine beste Zeit in Berlin war die, als er neu war, beim Party-Service jobbte und alles möglich schien.

Wenn er Pech hat, bleibt er über Jahre der Typ, der mal bei SDS mitgespielt hat. Ganz egal, was er tut. Vielleicht sollte er in Berlin die Zelte abbrechen. Andere Leute machen Bars in Barcelona auf, Tauchschulen auf Formentera, haben ihren Spaß und kommen damit über die Runden. Felix hat keinen Job, er ist allein, niemand liebt ihn, außer Vera vielleicht. Wenn er die Wohnung verkaufen würde, hätte er genug, um sich irgendwo anders umzusehen. Was hat er zu verlieren?

Manchmal braucht man für gute Laune eiserne Disziplin. Felix genehmigt sich einen weiteren Wodka-Lime, in dem er einen Rest MDMA-Pulver auflöst, und noch ein Näschen. Das Kokain macht ihn angenehm beschwingt, das MDMA anschmiegsam, und er verbringt den Rest des Abends damit, dass er abwechselnd grinst und die Zähne aufeinander beißt.

Daniel unterhält sich mit einem Boulevardreporter über den Sohn von Uschi Glas, den sie beide gern ficken würden, er hätte so einen hübschen Arsch und viel versprechende Hände, und beide prophezeien ihm eine mittlere Karriere als Homo-Idol. Dann reden sie stundenlang über ihre Haare und Pflegeprodukte.

«Da habt ihr ja immer ein Gesprächsthema», wirft Felix ein, eigentlich nur, um auch mal was zur Unterhaltung beizutragen.

«Wenn ich mich für Daniels Haare interessieren würde», sagt der Fotograf, «und er sich für meine, wären wir schon längst ein Paar. Leider interessieren wir uns nur für unsere eigenen Haare.»

Felix erzählt einer Reporterin, er habe ein Einpersonenstück über die letzten Stunden von Ceaușescu geschrieben, das er demnächst an der Volksbühne aufzuführen gedenke. Oder auch am BE, er sei mit beiden in Verhandlung. Sie winkt ihren Fotografen herbei und lässt ein paar Bilder machen.

Dann gesellt er sich wieder zu den Exkollegen. Die gleichen Themen wie immer, wer wie viel Szenen hat und dass sie der Neuen Spickzettel in die Schubladen und Schranktüren kleben müssen, weil sie nicht in die Lage ist, mehr als einen Satz zu behalten. Stella steht nur ein paar Meter entfernt, als er sie bemerkt. Sie unterhält sich bemüht mit dem PR-Typen der Nationalgalerie und vermeidet Blickkontakt. Seit über einem Jahr haben sie sich nicht gesehen, und sie bedeutet ihm nichts. Alles schon mal gedacht, gefühlt, erlebt. Alles schon mal überstanden. Sie lächelt ihren Kunstfritzen verzückt an.

Felix stellt sich vor, dass sie ihn gerade in diesem Moment inbrünstig hasst. Schließlich hat sie das mal behauptet. Sei's drum.

Wenn die Alternativen, eine Beziehung zu beenden, Gleichgültigkeit oder Hass sind, würde er allemal Hass vorziehen.

«Bitte?»

Plötzlich bemerkt er, dass Cora ihn etwas gefragt hat und gleichzeitig mitkriegt, wie er Stella anstarrt. Sie weiß jetzt, dass er leidet, und schlimmer noch, weshalb. Deshalb fängt er an, hektisch auf sie einzureden, um genau diesen Eindruck zu zerstreuen.

«Ich meine», hört er sich faseln, «was ist so schlimm, bei der Verleihung der Goldenen Kamera zu rülpsen. Schließlich habe ich sie nicht gekriegt. Keanu Reeves war mal als Queen Elizabeth I bei der Oscar-Verleihung, und alle fanden es lustig.»

Stella steht seit einer Viertelstunde schräg hinter ihm und ignoriert ihn fleißig. Selbstverständlich hört sie jedes Wort mit. Natürlich geht sie auch nicht weg. Warum sollte sie? Sie haben beide das Recht, hier zu stehen. Jetzt fährt sie herum und faucht ihn mit schmalen Augen an: «Was redest du eigentlich für einen Mist? Manchmal frage ich mich, wie es dir geht. Aber eigentlich geht es dir ja immer gleich. Du änderst dich sowieso nicht.»

Felix fühlt sich, als habe er die ganze Zeit vor der Mündung eines Flammenwerfers gestanden, der jetzt mal kurz angeworfen wurde. Wie eine gesengte Sau, ohne Haare, Augenbrauen, Wimpern, aber sonst noch ganz lebendig. Wow.

Zwei von Millionen von Sternen, die sich immer mehr voneinander entfernen. Ach ja, das Stück aus dem Werbespot für die Hypo-Vereinsbank. Damals, jetzt, für immer. Alles ist nichts ohne dich. Wir gehören zusammen. Ich habe dich immer geliebt.

Die Rettung naht in einem Korsagenkleid von Vivienne Westwood. Stella ist Provinz dagegen, geradezu bemitleidenswert. Alexa drückt ihren perfekten Körper an seinen und sagt Dinge, die sich für ein Fickverhältnis so gehören: «Lange nicht mehr gesehen. Noch was vor heute? Warum gehen wir nicht?»

Weil, weil, es gibt überhaupt keinen Grund, warum nicht. Weil wir uns alle das Leben schwer machen und es noch einen Drink dauert, das zu vergessen.

«Kleinen Moment noch», sagt Felix und gibt ihr einen Machoklaps, den Stella sehen muss. Sie steht jetzt weiter weg und beugt sich pseudointeressiert über den Insassen eines Brokatsessels. Dabei schielt sie schon wieder rüber. Felix vergräbt seine Lippen in Alexas Hals. Die Runde geht an ihn. Schließlich zählen auf Partys in erster Linie nonverbale Auftritte, und die beherrscht Felix perfekt. Stella hat seinen Erfolg bei Frauen einmal auf seinen alkoholisierten Gesichtausdruck zurückgeführt, der so dämlich sei, dass er bei Frauen Brutpflegeinstinkte auslöse.

Felix hat einen mittelschweren Kackanfall und stürmt aufs Klo. Es ist wirklich überraschend, wie viel Scheiße Menschen in sich haben, aber die Drogen bringen es hervor. Als er zurückkommt, entdeckt er Richard. Er ist allein.

Wie kann es sein? Der potenzielle Retter von Felix' abschmierender Fernsehkarriere und Herrscher über das Reich der TV-Movies wirkt desorientiert und sieht sich suchend um. Die perfekte Chance für das Geschöpf, sich beliebt zu machen und seinen Meister vom Alleinsein zu erlösen.

«Hi», sagt Felix, «du schon wieder.»

«Ach, hallo.» Richard wirkt zerstreut.

Erst jetzt bemerkt Felix, dass er zwei Gläser trägt.

«Suchst du wen?», fragt er.

«Ach, da drüben.»

Felix dreht sich in Richards Blickrichtung. Stardust, ein kleines

Feuerwerk aus Chemie und buntem Licht. Stella kommt direkt auf sie zu. Aufnahme. Felix' Kopf schaltet auf Zeitlupe. Immer wieder könnte er sich das ansehen. Sie entblößt ihre Zähne, lächelt, und der Chiffon weht hinter ihr her. Sie stoppt, und Felix drückt in Gedanken den Return-Knopf. Die Technik macht das ein paar hundert Mal mit. Dann kriegt das Bild Spratzer, das Band blockiert, wickelt sich um die Videotrommel und bleibt kleben. Die Magnetschicht löst sich ab, das Geräusch von reißendem Plastik. Richard legt seinen Arm um ihre Hüfte und sieht sie verliebt von der Seite an.

«Stella – Felix. Kennt ihr euch?»

Plötzlich ist Felix ganz cool.

«Flüchtig», gibt er zurück. «Aber das ist lange her.»

Zu allem Überfluss kommt jetzt auch noch Alexa. Sie stehen sich gegenüber. Richard und Stella. Felix und Alexa. Oder, schlimmer noch, Richard, Stella und Alexa da und er hier. Er ist allein. Denn jetzt sagt Alexa: «Richard, mein Vater. Stella, seine Freundin. Felix, ein Bekannter.»

Auf einmal fühlt er sich als Opfer. Man hat ihn voll auflaufen lassen, und niemand hat ihn gewarnt. Wahrscheinlich haben alle es gewusst. Alexa ist Richard Wildens Tochter, und Felix behandelt sie wie ein billiges Flittchen. Er ist ein Idiot. Hinter seinem Rücken lachen sich die Leute kaputt. Warum sind alle so gemein zu ihm?

Der Abgang verschwimmt. Alexa wohnt in einem der hässlichen, pastellfarbenen Neubauten direkt gegenüber der S-Bahn-Station Hackescher Markt. Die Apartments sind völlig überteuert und nur dafür gemacht, dass Leute auf ihrer Visitenkarte die Adresse *Große Präsidentenstraße* stehen haben. Die Wohnung ist mickrig und flach, aber mit Balkon und Panoramablick. Außerdem ist sie atemberaubend gut eingerichtet: dunkles Holz, ein paar asiatische

Accessoires, ein Schramm-Bett und antike Louis-Vuitton-Schrankkoffer, von denen jeder einzelne ein Vermögen kostet. Alles schreit: teuer, teuer und hip. Felix fragt sich, wer das bezahlt hat, und ist offenbar so bedröhnt, dass er laut denkt.

«Mein Vater», erwidert Alexa beleidigt. «Er findet, dass das zu mir passt.»

Sie legt zwei Lines, sie schnorcheln sich einen und ziehen sich aus. Während Alexa ihm einen bläst, linst sie verstohlen in den Spiegel. Erst als er sie von hinten nimmt, kommt sie in Fahrt. Ihr Kopf schlägt gegen das wattierte Kopfteil, und sie müssen nach hinten rutschen. Felix erregt in erster Linie die Idee, dass Stella und dieser alte Bock genauso doofen Sex haben. Als sie fertig sind, nimmt er ein Taxi und fährt nach Hause. Wäre ja wohl auch übertrieben, ab jetzt bis zum Frühstück zu bleiben, nur weil er weiß, wer sie ist.

Vera schläft schon. Felix schaltet den Fernseher an. Romy Schneider weint sich in Schwarzweiß die Augen aus. Dabei hat sie den Typen gleich zu Anfang des Films geheiratet, von daher ist bis zum Happy End noch eine Menge Zeit. Jung ist Romy Schneider ein bisschen fett, aber sie hat etwas Kluges gesagt, als sie älter war: Nichts ist kälter als eine erloschene Liebe. Alles in allem ein merkwürdiger Abend. Felix nimmt eine Xanax. Vielleicht ist Alexa die Frau seines Lebens.

Kapitel 27
Ultraslim und Kamikatze

Von einer Tiefgarage in die andere Tiefgarage. Manchmal beschleicht Dr. Wilfried de Boer das Gefühl, sein Leben lasse sich auf diese einfache Formel reduzieren. Sein halbes Leben spielt sich in Tiefgaragen ab. Morgens fährt er mit dem Lift nach unten in die Tiefgarage und setzt sich in den Wagen, um ihn dann beim Büro in einer anderen Tiefgarage wieder abzustellen. Auch am Flughafen, bei Hotels oder Einkaufszentren: Überall Tiefgaragen. Bei manchen, in denen er öfter parkt, versucht er, sich die Unterschiede einzuprägen, irgendwelche unverwechselbaren Details, aber bis auf die Größe sehen sie alle gleich aus. Komischerweise sind Parkhäuser, wenn man sich einmal mit ihnen befasst, architektonisch vielfältiger als Tiefgaragen. Vielleicht gibt es ein Architektenproletariat, das sich ausschließlich mit der Konstruktion von Tiefgaragen beschäftigt.

Heute gibt es keine Tiefgarage. De Boer trägt sein Sakko über dem Arm und stapft leicht verkatert die Treppe des Altbaus im Bötzowviertel herunter. Er weiß sich auf feindlichem Terrain, gehört doch das Haus einer Genossenschaft von ehemaligen Hausbesetzern. Für seinen Geschmack ist das Haus zu farbenfroh renoviert, und die erhobene Faust an der Brandmauer ist mehr als lächerlich. Linke Folklore aus der Zeit der Wende.

Seltsam, in einer solchen Umgebung nicht nur ein und aus zu gehen, sondern sogar die Nacht zu verbringen. De Boer hat zu seiner eigenen Verwunderung begonnen, sich an Daniel zu gewöhnen. Dabei war dieser Internet-Chat für ihn nicht mehr als der unverbindliche Versuch, jemanden kennen zu lernen, ohne sich dafür stundenlang an zugigen Ecken oder in verräucherten Bars die Beine in den Bauch stehen zu müssen. Mehr als einen One Night Stand hat er nicht erwartet, seine Standards sind hoch. Die meisten Kerle wissen nicht mal, wie man mit einem Fischmesser umgeht, geschweige denn, dass sie in der Lage sind, in zusammenhängenden Sätzen über eine Opern-Inszenierung zu reden. Wenn sie es doch können, sind sie in der Regel deutlich über fünfzig und erotisch so aufregend wie alte Brötchen. Tatsächlich bewegt Daniel sich dank seiner Arbeit auf gehobenem gesellschaftlichem Parkett erstaunlich geschickt. Als Liebhaber kann de Boer seine sprunghafte und chaotische Art tolerieren. Penibel ist er selber.

Was überhaupt nicht geht, ist die Wohnung. Daniel hatte sich dort ursprünglich nur vorübergehend einquartiert, doch da der Hauptmieter seine Reisen immer wieder verlängert, ist er dort geblieben. Man muss ihm eine vernünftige Unterkunft besorgen, denkt de Boer und zückt angewidert ein Papiertaschentuch. Ein Vogel hat auf die Kühlerhaube seines Audi TT geschissen.

Mit Wohnungen kennt de Boer sich aus. Ansprüche von Alteigentümern durchzusetzen gehörte nach der Wende zu seinen ersten Jobs. Eine undankbare Aufgabe, Sozialschwachen und Alkoholikern beizubringen, dass sie jetzt leider ihr Heim verlassen müssen, aber finanziell eine goldene Zeit. Wenn man gute Beziehungen zur Treuhand und später zur Behörde für vereinigungsbedingte Sonderaufgaben hatte, ließ sich mit Immobilien eine ganze Menge machen.

Für jemanden wie ihn, der gerade mit seinem Staatsexamen durch war und weder Geld noch Aussicht auf eine Sozietät hatte, war ein Klient wie Reza mit seinen nahezu unbeschränkten Mitteln ein Geschenk des Himmels. Es war etwas Leichtes und Sonniges um ihn, eine Ausstrahlung, dass nichts unmöglich sei, die de Boer an ihm mochte und von der er sich zu allerlei Verrücktheiten anstiften ließ, die seinem trockenen, eher vorsichtigen Charakter so gar nicht entsprachen. Reza hatte ihm Geld geliehen, für einige Immobiliendeals, und später, als er begann, ernsthaft in Kunst zu investieren. Sie hatten gekauft wie beim Monopoly. Häuser, Wohnungen, Firmen, waren zu Auktionen nach Paris, Wien oder London gereist und hatten eine gute Zeit gehabt. Reza war für de Boer mehr als ein Klient. Was konnte für ihn besser sein als ein Freund, der seine Zeit auch noch bezahlte?

Dabei wusste er selbst nicht so genau, woher Rezas Geld eigentlich kam. Es hatte immer Gerüchte gegeben, und die Leute spekulierten sich einen Wolf. Er sei mit der Familie des Schahs verwandt, sein Vater ein internationaler Waffenhändler. Mal war er der uneheliche Spross eines nahöstlichen Diktators, ein Bruder des Aga Khan oder einfach nur ein raffinierter Hochstapler. Nichts regt die Phantasie der Leute so sehr an wie Geld, das ihnen nicht gehört.

De Boer war das alles relativ gleichgültig. Die Wahrheit sah vermutlich ganz banal aus. Um sein Geld selbst verdient zu haben, war es zu viel und Reza zu jung. Also musste er geerbt haben. Ob sein Vater dafür nun Ölquellen ausgebeutet hat oder Kindersklaven – wer will nach einer Generation noch wissen, woher ein Vermögen stammt?

In dieser Zeit nach der Wende war Reza auch zu dem Haus gekommen, in dem heute seine Wohnung liegt, damals ein halb verfallenes Gebäude unweit des Mauerstreifens, im Niemandsland zwischen Mitte und Kreuzberg. Nur vage ließ sich ahnen, dass der Kauf sich einmal auszahlen könnte.

Der Eigentümer, eine Großbäckerei aus dem Osten, die selbstverständlich sehr bald dicht machen musste, hatte die Räume zu Spottpreisen Künstlern als Ateliers vermietet, armen Idioten, die Siebdrucke fabrizierten oder Altmetall zu geschmacklosen Möbeln und Skulpturen zusammenschweißten. Auch einen illegalen Club gab es, welcher sich großer Beliebtheit erfreute. Was die Nutzung anbetraf, hatte Reza nach dem Kauf alles beim Alten belassen und sich dafür als Mäzen der alternativen Kulturszene feiern lassen. So blieben die Räume wenigstens trocken, und die Leute verwüsteten nichts.

Erst als die Immobilienpreise Mitte der Neunziger anzogen, mussten die Videokünstler und Metallbastler, die Theatergruppe und die Kleindesigner leider gehen. Kein Verlust für die Kulturlandschaft, wie de Boer meinte. Er hatte sich die Sachen angesehen, niveauloser Mist bis auf eine Ausnahme: Paffendorfer. Der Mann schien genauso ein Loser zu sein wie alle anderen auch, ein schlaksiger Typ in schmuddeligen Second-Hand-Anzügen. Mit Grausen erinnert sich de Boer an ihre einzige Begegnung und den strengen Körpergeruch, aber die Bilder hatten etwas, das ihn berührte, eine gekonnte Mischung aus Ironie, Verzweiflung und handwerklichem Talent. Paffendorfer war damals bereits bei einer renommierten Galerie in Köln unter Vertrag und ließ das Atelier zurück, ohne es auszuräumen. Reza und de Boer stellten damals ein paar Skizzen und Zeichnungen sicher. Den großen Paffendorfer musste er später in einer Ausstellung kaufen.

De Boer fährt am Volkspark Friedrichshain vorbei, die Leipziger Straße entlang in Richtung Potsdamer Platz und biegt kurz entschlossen in der Friedrichstraße ab. Der einzige Termin, den er hat, ist ein informelles Mittagessen mit Hanno John. Dafür braucht er weder ein frisch gebügeltes Hemd noch eine Rasur.

Hanno John hat seinerzeit die PR für Camou-Cat gemacht. Camou-Cat, die Kamikatze. Camou-Cat ist eine dicke Zeichentrickkatze mit Fell in Camouflage-Muster, von der taiwanesische Jugendliche geradezu besessen sind. Sie trägt kleine Armeestiefel und führt eine paramilitärische Katzengruppe, die sich im permanenten Streit mit einer fiesen Hundearmee befindet, deren Gesichter von Politikern der Volksrepublik inspiriert sind. Aber natürlich ist das nur in China witzig. Von Schreibblöcken über Rucksäcke in Form ihres Gesichts bis zu mannshohen Plüschtieren, es gibt nichts, was es dort von Camou-Cat nicht gibt.

Reza hatte die Merchandisingrechte für Europa seinerzeit bei einer Wette im Casino von Macao gewonnen, und Hanno kam die Idee, Camou-Cat auf Deutsch Kamikatze zu taufen. Am Anfang funktionierte das ganz gut. Eine Zeit lang liefen alle in Kamikatze-T-Shirts herum, aber da niemand ihre Abenteuer aus dem Fernsehen kannte, war der Trend auch schnell wieder tot. Es gab dann noch eine Clubtour und einen Sampler, für den die Kamikatze einen Auftritt im dazugehörigen Werbespot hatte, aber das war's dann. Hoffentlich will Hanno sie nicht reanimieren.

Hanno hat de Boer ins Bel Air bestellt, was diesem nur recht ist, weil er sich den Laden gleich einmal genauer ansehen kann. Nicht dass ihn Daniels geschäftliche Probleme mit seinem offenbar ernsthaft hysterischen Exfreund sonderlich interessieren, doch er ist gar nicht abgeneigt, in einen gastronomischem Betrieb zu investieren, wenn es sich denn lohnt. Außerdem gefällt ihm die Idee, Daniel durch etwas anderes verbunden zu sein als durch Sex. Da er sich ohnehin nur für Leute interessiert, die als Liebhaber oder Geschäftspartner in Frage kommen, erscheint ihm die Möglichkeit, zwei Fliegen mit einer Klappe zu schlagen, recht verlockend.

Hanno sitzt in einem Erker und blickt hinaus in den herbstlichen Park. Die Kastanien haben ihre Blätter schon verloren, der Ahorn leuchtet rot. Als de Boer hereinkommt, steht er auf und reicht ihm die Hand.

«Da sind Sie ja. Ich bin auch gerade gekommen. Rein oder raus? Das dürfte einer der letzten schönen Tage sein.»

«Lieber drinnen», sagt de Boer.

Da hat er besser Gelegenheit, einen Blick auf Alexander zu werfen, falls der da ist.

«Sie sehen so verändert aus», sagt de Boer vorsichtig. «So schlank.»

Hanno ist ziemlich runtergehungert und könnte natürlich auch unter einer todbringenden Krankheit leiden, man weiß ja heute nie. Allerdings hat er von Geschäften gesprochen, nicht von seinem Testament.

«Deshalb wollte ich mit ihnen sprechen. Raten Sie mal wodurch?»

Also doch? De Boer setzt eine Miene auf, die man als pietätvoll interpretieren könnte.

«Ich habe ein Produkt», sagt Hanno. «Ein Diätprodukt. Ich will Ihnen kurz erklären, worum es dabei geht. Ultraslim-Nutrifood-Tabletten, so heißt das Produkt, bestehen im weitesten Sinne aus Ballaststoffen, hauptsächlich aus Zellulosefasern und Weizenkleie, enthalten aber auch alle lebenswichtigen Vitamine und Spurenelemente. Das Zeug ist so weit komprimiert, dass es im Wasser umgehend auf die zehnfache Größe anschwillt. Sie nehmen eine Hand voll Tabletten und sind für den Rest des Tages pappsatt. Soweit ich mich entsinne, haben Sie doch Kontakt zu so einem Shoppingkanal im Fernsehen. Ich habe daran gedacht, das Produkt im Rahmen einer eigenen Sendung vorzustellen.»

«Verstehe», sagt de Boer. «Warum nicht? Ich kann Ihnen da gern einen Kontakt machen. Wollen Sie live senden oder als Konserve?»

«Live, mit Einspielern und Anrufen, Vorher-nachher-Bildern, das ganze Programm, am besten noch mit einem Gewinnspiel.»

Die Geschichte klingt todlangweilig. Dass Abnehmen im Fernsehen nicht läuft, weiß ja nun jeder.

«Und haben Sie schon jemanden, der das Produkt repräsentiert?»

«Nun», sagt Hanno, «ich dachte an Vera Magun.»

«Aber ist die nicht zu dick? Und zu alt?»

«Eben. Sie soll ja abnehmen. Mit Ultraslim. Eine ganze Woche nur Ultraslim und Früchtetee. Wir begleiten sie dabei, und hinterher erzählt sie, wie gut es ihr geht.»

Ausgerechnet Vera Magun, auch das noch. Aber andererseits … Andererseits besteht dann ja vielleicht die Möglichkeit, dass sie aus Rezas Wohnung auszieht, wenn sie erst mal wieder ein paar Mark verdient. Zumindest könnte man versuchen, sie für ein paar Tage von der Wohnung fernzuhalten. Von der Zeit her könnte eine Woche reichen, um Nägel mit Köpfen zu machen.

«Super-Idee», sagt de Boer begeistert. «Aber wissen Sie was? Warum im Studio? Warum fahren Sie nicht mit ihr in die Karibik? Da kann man sie beim Abnehmen im Bikini zeigen. Bunte Fruchtcocktails, türkisfarbenes Meer, Obst und Ultraslim-Tabs. Ein tropischer Garten Eden, eine Punica-Oase mit Ballaststofftabletten.»

Kapitel 28
Dingsbums und Bumsdings

Mit zwanzig Euro nach Paris. Ein bescheuertes Dosenbier kostet schon neun, und in den Bars hocken überall Touristen, die einem nichts ausgeben. Felix will Spaß haben und sparen. Er hat sich von einem Bekannten überreden lassen, gemeinsam einen Transporter nach Paris zu fahren und die Deko-Reste einer Modenschau nach Berlin zu schaffen, wo diese wiederum einem Typ verkauft werden sollen, der einen Club in einer Kirchenruine in der Invalidenstraße aufmachen will. Das Gebäude, ein Bau von Schinkel immerhin, wird bald renoviert, ein knappes Jahr, um vorher damit Geld zu machen. Vierhundert Euro soll Felix bekommen, nach Abwicklung natürlich erst, aber besser, als zu Hause auf den Tod zu warten. Reicht, um die Krankenkasse zu bezahlen. Sie haben die Einzimmerwohnung eines Schmuckdesigners. Unten ist eine Galvanisierungswerkstatt, es stinkt nach Chemikalien, nebenan eine fünfköpfige indische Familie, ebenfalls in einem Zimmer. Man hört das Trappeln von Kinderfüßen, eine Pause, als würde das Kind auf einen Schrank klettern, dann: Rumms. Immer wieder stundenlang und zu den unmöglichsten Tages- und Nachtzeiten. Es ist zum Verrücktwerden.

Zum Glück haben sie ein paar Einladungen abgestaubt. Keiner schaut auf die Namen. Felix geht als Marlies Möller ins Elysée Montmartre. Galliano: Fledermausärmel, Ethnoprints, die Rückkehr der Rundumbundfaltenhose. Kenzo: Petites-Fleurs-Muster und Makramee in Neonfarben im Palais de Tokyo. Bikkemberg: Crêpe de Chine in Tarnfarben und Bikerboots im Salle Wagram und anschließend die After-Show-Party von Costume National im Baccarat-Kristallmuseum, irgendwo in der Nähe des Gare de l'Est, überall Vitrinen mit Karaffen, das Glitzern mannshoher Lüster und viele, viele Spiegel in Goldfassung. Anschließend Kiffen und Abhängen bei irgendwelchen Stylisten.

Felix hat komplett den Überblick verloren, wo er ist und wer die anderen sind. Er kotzt aus dem Autofenster, ein dunkler Citroën DS Pallas mit Maserati-Motor, eine Straße voller Schwarzer und Frisörsalons für Schwarze mit Haarpflegeprodukten für Schwarze, die Kotze bleibt an der Tür kleben, hoffentlich beschwert sich keiner. Cool, und das alles ohne einen Cent. Jemand vom Vordersitz reicht ihm eine Flasche, er spült den sauren Geschmack des Erbrochenen mit einem Schluck Chartreuse herunter und hält den Kopf hinaus in den Fahrtwind. Es geht am Seine-Ufer entlang hinein in den Di&Dodi-Tunnel. Die Pfeiler zischen an ihm vorbei, es wird gekreischt und gefummelt, eine Hand in seinem Schritt.

Felix glaubt eine Straße wieder zu erkennen. Es ist um die Ecke vom Cirque d'Hiver, wo die Schau von wer weiß wem noch war. Ach was, Scheiß auf die Schau! Wieder eine andere Wohnung, imposante Kulisse, drei Ebenen, vielleicht im 16. Arrondissement, eine Mischung aus High-Tech und Art déco, mit seltsamem Leder bezogenen Beistelltischchen auf Füßen aus Antilopenhörnern, alles in gedämpftem Grau, Schilf und Oliv, an den Wänden Zeichnungen von Christian Schad. Felix stolpert, und ein Tischchen streckt mit lautem Knirschen alle viere von sich wie ein platt gefahrenes Tier auf der Autobahn. Der Typ, dem die Wohnung gehört, kichert nur.

Hoffentlich bringe ich das jetzt.
Ich habe es drauf angelegt.
Da muss ich jetzt durch.

«Sorry», sagt Felix mit schwerer Zunge und wankt ins Bad. Mund ausspülen, kaltes Wasser ins Gesicht, in jeder Situation ein Profi. Das Bad ist komplett verspiegelt, und Felix kriegt die Tür nicht auf. Er klopft und brüllt. Nichts geschieht. Schließlich schnappt er sich ein Glas, schmeißt es gegen einen Spiegel, und beide zersplittern. Dann fällt ihm wieder ein, dass es eine Schiebetür ist. Noch ein Wodka, dazu eine fette Line und ein paar Scheine, die auf dem heilen Beistelltisch liegen. Ach ja, die Scheine. Die Scheine! Drei knisternde, automatenneue 100-Euro-Scheine. Felix steckt sie ein, während der Typ Drinks macht. Eiswürfel klackern in den geschliffenen Highball-Gläsern von Hermès.

Einfach nur hinhalten und abkassieren.

Felix kommt zu sich, weil sein Nacken schmerzt. Er starrt an die Decke, sein Kopf hängt hinten über die Lehne, seine Hände betasten das weiche Velourleder des Sofas. Wer weiß, wie lange er hier schon liegt. Felix schließt den Mund und setzt sich auf. Sein Gaumen ist trocken und klebt an der Zunge. Zwischen seinen Beinen hüpft ein Puschel auf und ab. Er greift nach dem Puschel, um seinen halbschlaffen Schwanz tiefer hineinzudrücken, und der Puschel macht «Hmph».

Mit Geduld und Spucke gelingt es schließlich, eine passable Erektion zu erzielen, langsam beginnt sein Körper zu arbeiten. Felix sagt mit barscher Stimme irgendwas auf Deutsch und hofft, dass der Puschel darauf steht und bald fertig ist. Felix packt den Puschel, bis er würgt, und reißt ihn dann zurück. Der Anblick ist halb so schlimm wie befürchtet. Der Typ sieht eigentlich ganz sympathisch aus, höchstens Mitte dreißig mit wirren Locken, dem Puschel eben, und dunklen Augen, ganz Pupille, mit langen Wimpern.

«Kiss me», wispert der Puschel.

Er macht die Accessoires für Jil Sander, das hat er zumindest früher am Abend erzählt, und sollte so was nicht nötig haben. Aber vielleicht steht er auf käuflichen Sex. Die Leute stehen ja auf alles Mögliche. Felix kann sich plötzlich an ihn erinnern, es war beim Yamamoto-Presse-Dinner im Plaza Athénée, wo er ihn kennen gelernt hat. Er knöpft das Hemd zu und rappelt sich auf, die Hose immer noch in den Kniekehlen.

«That's enough», nuschelt er und versucht die Hose hochzuziehen. «Forget it.»

Die Scheine sind immer noch da, er fühlt sie in der Tasche. Der Typ sieht Felix in die Augen und klammert sich an seine Hüften.

«Don't look at my face!»

Felix scheuert ihm eine rechts, eine links, mit einer elegant ausholenden Bewegung der flachen Hand, wie er sie für *Leas Entscheidung* gelernt hat, und versucht, die Hose zuzumachen. Hatten sie spezielle Praktiken vereinbart? An Abspritzen ist trotz anhaltender Reibung selbstverständlich nicht zu denken bei all dem Koks. Er wird gar nichts mehr machen mit diesem Typen. Felix will plötzlich nur noch weg und versetzt ihm einen weiteren Schlag. Vielleicht hat er dann die Nase voll und lässt ihn gehen, ohne penetrant zu werden. Stattdessen springt der andere auf, reißt das Fenster auf und brüllt wie am Spieß.

«Au secours. À l'assassin!»

Oh no! Du Scheißkerl, denkt Felix, du Froschfresser. Er greift nach einem am Boden liegenden Antilopenhorn und holt aus. Das Teil hat etwa die Länge eines Baseballschlägers und trifft den angeblichen Accessoire-Designer am Hinterkopf. Während er fällt, versucht er sich zur Seite wegzurollen, doch Felix ist schneller. Diesmal erwischt er ihn frontal. Ein Schwall hellroten Blutes schießt aus seiner Nase und läuft ihm am Kinn herab. Der Typ ist immer noch nicht still, jault jetzt eher und greift mit der Hand in sein Gesicht. Als er das Blut an seinen Fingern sieht, bleibt er einen Moment wie betäubt auf dem Boden sitzen. Felix erstarrt. Ihn ergreift ein seltsames Gefühl der Schwerelosigkeit. Nie hätte er gedacht, dass Blut so dünnflüssig sein kann.

Das Hupen eines vorbeifahrenden Autos löst ihn aus seiner Erstarrung. Der Typ rührt sich nicht und starrt immer noch auf das Blut, das auf den cremeweißen handgetufteten Teppich tropft. Felix lässt das Horn fallen, reißt die Tür auf und stolpert die Treppe hinunter. Gar kein Ende will die nehmen, noch eine Etage und noch eine und noch eine. Die Haustür geht nicht auf. Felix rüttelt, hämmert wie ein Irrer gegen die Tür und hört, wie Wohnungstüren sich öffnen.

«Sales pédés!», brüllt eine Frauenstimme.

Jetzt geht auch noch das Licht aus. Scheiße, Scheiße, Scheiße. Es ist abgeschlossen. Natürlich, die Haustüren in Frankreich haben einen Knopf zum Öffnen. Wo ist der Knopf für die Tür? Das Licht geht wieder an.

«Alles in Ordnung?», fragt ein Mann.

Schritte auf der Treppe. Da, rechts von der Tür ist der Knopf. Ein erlösendes Klicken, und Felix steht im Freien. Er rennt hinaus auf die menschenleere Rue des Archives und dann in die nächste Seitenstraße. Ein Müllwagen kehrt den Dreck aus dem Rinnstein. Felix hört erst auf zu laufen, als er an einer Metro-Station ankommt. Sein Puls rast. Die Züge fahren schon.

Am nächsten Tag leuchtet Paris in der Herbstsonne. Der Blick aus dem Fenster über die Dächer mit Antennen, Schrägen und Dachfenstern, ein Film, den man schon mal hundertmal gesehen zu haben glaubt, leicht unscharf und mit diesen wunderbaren, verschobenen Musicalfarben, die es gar nicht gibt. Eiffelturm, Seine, Louvre, Musik von Serge Gainsbourg und verhuschtes Akkordeongedudel, alles, wie es sein soll, und kein schreiender, blutender Puschel.

Aber ist es wirklich der nächste Mittag? Den Kater hat Felix schon im Schlaf einigermaßen hinter sich gebracht, eine Ladung Aspirin killt den Rest, nur sein Gedächtnis will nicht recht funktionieren. Auf Rohypnol ist ein Tag ist wie eine Stunde oder eine Ewigkeit, je nachdem. Alle Zeitabschnitte schrumpfen auf einen Punkt zusammen. Felix sucht seine Uhr und starrt auf die Datumsanzeige. Gott sei Dank, es ist wirklich erst Dienstag, und aus dem Bad kommt sein Berliner Bekannter.

Am Abend haben sie den Tresen und die eigens für die Schau angefertigten Sitzelemente, die sonst auf dem Müll gelandet wären, in dem Wagen verstaut.

Der Bekannte hat ein Date, Felix sprüht den guten Anzug, der vom Vorabend etwas lädiert ist, mit Geruchsverzehrer ein. Im Schrank des Schmuckdesigners findet er ein passendes Paillettenshirt. Es ist der letzte Tag der Schauen, alle sind ein bisschen hinüber. In einem angesagten Couscous-Restaurant gibt es die Party von irgendeinem italienischen Magazin. Hinten am Tresen steht mit einem dramatischen Pflaster quer über der Nase der Puschel und schaut weg. Felix ist fast froh, ihn zu sehen, hätte ja sonst was sein können. Kurz darauf sieht er ihn mit Azzedine Alaia und einer deutschen Stylistin reden. Damit dürfte sein Ruf endgültig hinüber sein.

«Schatz», sagt sie später. «Ich hörte, du benutzt neuerdings dein Dingsbums als Bumsdings?»

Felix grinst sie an.

«Warum fragst du? Magst du mir jemanden vorstellen?»

Kapitel 29 Marmelade

Irgendwie hält man sich als Berliner nie direkt Unter den Linden auf, sondern nur in der Nähe, in Quer- oder Parallelstraßen, so als hätten alle den Boulevard stillschweigend den Touristen überlassen. Oder man fährt sie nachts entlang, in einem Zustand, in dem man sich hinterher an nichts erinnern kann. Eigentlich hat man hier auch nichts verloren. Die einzigen Ausnahmen sind Studenten der Humboldt-Universität und Abgeordnete, die ihre Büros unweit des Brandenburger Tors gegenüber der russischen Botschaft haben. Die Gebäude, die die Straße säumen, sind einem zwar vertraut, aber auf eine Art, wie einem auch der Rote Platz oder die Skyline von New York vertraut sind. Geschäfte gibt es keine, und wozu sollte man sich die Käthe-Kollwitz-Mutter oder das Kronprinzenpalais zweimal ansehen?

Stella hat im Asien-Supermarkt am Alexanderplatz frischen Koriander gekauft, es kommen abends Gäste zum Essen, und ihr Auto dort stehen lassen. Sie ist überrascht, dass der Kiesweg auf dem Mittelstreifen endlich fertig ist und man tatsächlich unter den Linden flanieren könnte, wenn man es denn wollte und die Zeit hätte. Den Anbau des Deutschen Historischen Museums findet sie ganz ansprechend, allerdings ist er auch nicht viel größer als ein Freizeitbad in einer Kreisstadt. Auf Fotos sieht das Ding dank Weitwinkel imposant aus, aber in natura, na ja. Der Palast der Republik steht immer noch. Gut, ein Abriss hätte sich vermutlich herumgesprochen.

Stella will endlich eine Entscheidung fällen. Hinter sich hat sie

Monate kostenloser Probestunden, Probewochen, Sonderkonditionen, in allen Studios der Stadt ist sie gewesen, alles hat sie durch. Nur festgelegt hat sie sich nicht. Minimaltarif ist Bürgerpflicht, schon aus Prinzip, und hinterher kann man sich brüsten, was für ein brutalstmöglicher Verhandler und Schnäppchenjäger man ist. Eine der Frauen vom Stammtisch könnte drei Monate gratis besorgen, ihr selbst wurden eine Agenturermäßigung, kostenlose Trainerstunden und der Verzicht auf die Aufnahmegebühr versprochen. Also doch noch mal zu Holmes Place, warum nicht.

Von draußen kann man an der Rezeption vorbei durch einen Sichtschlitz den Pool sehen, in dem jetzt am Morgen nur eine ältere Frau ihre Bahnen zieht. Den trotz Ermäßigung immer noch exorbitanten Preis rechtfertigt Stellas Freundin damit, dass man sich einen eigenen Schrank mieten kann und Handtücher gestellt werden. Stella ist skeptisch. Für das Geld kann sie sich die Handtücher auch kaufen.

Zur Begrüßung das übliche Gequatsche. Ein farbiger Trainer im engen Höschen fühlt sich bemüßigt, sie für die Provision, die er vermutlich für den Abschluss kriegt, bei einem Cranberry-Energyriegel zu beflirten. Aber nach einer Viertelstunde, als Stella sich als Fitnessprofi zu erkennen gibt, lässt er sie in Ruhe. Ohnehin ist ihre Entscheidung längst gefallen. Das Studio geht über drei Etagen und scheint von allen, die sie getestet hat, am besten eingerichtet zu sein, aber der Pool ist ihr einfach zu kurz. Sie stellt sich eine halbe Stunde auf das Laufband und geht duschen.

Sie sitzt allein auf der Bank, gegenüber der Tür, und der feuchte Film auf ihrer Haut wird langsam zu Tropfen, die ihren Körper hinabrinnen. Die Sauna ist der einzige Ort, an dem es still ist, ohne den einlullenden Singsang des Buddha-Bar-Samplers vom vorletzten

Jahr. Durch die beschlagene Glastür kann man kaum etwas erkennen, doch schon die Silhouette hätte sie warnen müssen. Der Mann legt sein Handtuch ab und öffnet die Tür, eine nackte Gestalt im Dampf. Felix, wie Stella ohne allzu große Verwunderung feststellt.

Natürlich hat sie die Möglichkeit eines Aufeinandertreffens in Betracht gezogen, aber dass es tatsächlich geschehen würde, war mehr als unwahrscheinlich. Früher zumindest ist er doch vor zwölf Uhr mittags nicht aus dem Haus gekommen, wenn er nicht gerade arbeiten musste. Hätte sie ihn nicht sehen müssen, als der Trainer ihr die Räumlichkeiten zeigte? Vielleicht war er bei den Gewichten, die Ecke hat sie nicht gesehen. Und jetzt sitzen sie hier nackt herum.

«Oh», sagt Felix. «Überraschung.»

Er nimmt ihr gegenüber Platz.

Stella ist immer noch verärgert, dass sie sich auf der Party von seinem dummen Gequatsche und dem Dackelblick aus der Reserve hat locken lassen. Aber hirnloses Geschwafel macht sie nun einmal aggressiv, und sie war an dem Abend einfach nicht in Form. Geschwächt von dem fruchtlosen Versuch, Richards Tochter nett zu finden. Sie wusste doch gleich, dass sie das ausdruckslose Puppengesicht schon mal irgendwo gesehen hatte. Felix und Alexa. Richard und Stella. Eine absurde Konstellation, die ihn buchstäblich zu ihrem Schwiegersohn machen könnte. Eine grausige Vorstellung.

Sitzen, schwitzen, warten. Grundsätzlich ist es in der Sauna das gleiche Problem wie in der U-Bahn. Man weiß nie, wo man hingucken soll. Stella blickt an die Decke, wo der Dampf kondensiert und in heißen Tropfen herabfällt. Man kann ihnen beim wachsen zusehen. Wenigstens muss man in der Sauna nicht reden. Eine Konversation wäre jetzt das Allerletzte, wonach ihr der Sinn steht. Felix, das spürt sie, taxiert sie unverhohlen, und das macht sie nervös. Ihre

Rippen ziehen sich um die Lunge zusammen, und ihre Eingeweide rutschen irgendwie nach unten.

Ein komisches Gefühl kriecht in ihr hoch, eine Hitze, die sich von innen ausbreitet, als hätte sie einen Heizstab im Bauch.

Felix reibt sich entspannt den Oberkörper. Feuchte, kleine Geräusche nasser Haut und das Tropfen von der Decke. Eine Dampfdüse zischelt. Stella verspürt einen leichten Druck auf der Blase. Sie hat lange genug ausgehalten, damit es nicht so aussieht, als würde sie vor ihm davonlaufen.

Als sie an ihm vorbeigeht, greift er nach ihrem Arm. Stella kräuselt verächtlich ihre Oberlippe. Felix springt auf, grinst und drückt sie gegen die nassen Kacheln. Er packt sie an den Unterarmen und sieht sie an. Sein nasses Haar klebt an der Stirn, der Mund ist leicht geöffnet. Stella spürt seinen Atem auf der Haut. Einen Augenblick stehen sie stumm da, aber Stella bleibt entspannt und wehrt sich nicht. Sie denkt gar nicht daran.

«Sehr witzig», sagt sie kalt, aber Felix reagiert nicht. Als seine Lippen sie berühren, fängt sie an zu zittern. Bevor die Hormonwelle sie erfasst, wirft sie einen letzten Blick in den Wellness-Bereich, doch es ist niemand in Sicht, dessen Anwesenheit sie retten könnte. Dann erwidert sie hungrig Felix' Küsse, und alles gerät außer Kontrolle. Felix presst seinen Körper gegen sie, und sie spürt seinen steifen Schwanz zwischen ihren Schenkeln. Während er sie küsst, gleiten seine Hände runter zu ihrem Arsch und wieder hoch zu ihren Brüsten. Sie sind ein eingespieltes Team. Stellas Körper hat nichts vergessen. Als hätte er sein eigenes Gedächtnis, lässt er eine Flut sexueller Erinnerungen in ihr hochsteigen, die sich wie eine zweite Ebene über das Geschehen legen. Was Felix auch tut, es gefällt ihr. Als sein Schwanz in sie eindringt, sagt Stella sich, dass es einfach bloß um

Sex geht und um sonst gar nichts, und dann vergisst sie, was sie eigentlich denken wollte.

Sie stützt sich an der Wand ab, und Felix nimmt sie von hinten. Er packt sie an den Hüften, schiebt seinen Schwanz ganz langsam in sie rein und zieht ihn ein paarmal fast bis zum Anschlag raus. Stella stöhnt auf. Sie will ausgefüllt sein, jede Höhlung voll von ihm haben. Felix ändert das Tempo und fängt an, sie hart zu ficken, sein Bauch klatscht gegen ihren Arsch, seine Eier gegen ihre Schenkel. Es dauert nicht sehr lange, und sie spürt, wie er in ihr abspritzt.

Fluchtartig verlässt Stella die Sauna, greift ihren Bademantel und läuft in den Umkleidebereich für Frauen. Erst da stellt sie sich unter die eiskalte Dusche. Ihr Gesicht ist feuerrot und brennt von seinen Bartstoppeln. Sie sagt dem Trainer, dass sie es sich mit dem Vertrag überlegen wolle. Als sie rauskommt, wartet Felix schon vor der Tür. Wortlos marschiert sie an ihm vorbei, aber er läuft neben ihr her.

«Sei doch nicht so zickig», sagt er. «Entspann dich. Sei doch mal nett.»

Stella ist eisig.

«Und was glaubst du, sollen wir jetzt tun?»

«Warum gehen wir nicht einfach einen Kaffee trinken. Nur ein bisschen reden. Wir treffen uns nach zwei Jahren wieder, und du hast nicht mal eine Viertelstunde Zeit für mich.»

«Also gut», ächzt Stella entnervt. «Und wo bitte?»

Vielleicht ist es besser, sich kurz mit ihm irgendwo hinzusetzen und ihm klar zu machen, dass das gerade eben nichts war, dass sie kein Interesse an ihm hat und er nicht an ihr. Sie muss sich so langweilig wie möglich darstellen. Es wird ihr schon gelingen, ihn komplett abzuturnen.

«Ich dachte, wir gehen zu dir.» Er lächelt. «In die gute, alte Gärtnerstraße.»

«Du spinnst doch total», sagt Stella wütend.

Doch schon spürt sie die Leere zwischen ihren Beinen.

Später schlendern sie den ganzen Nachmittag durch das Viertel, begegnen Leuten, die sie flüchtig kennen, und geben sich Mühe, so zu tun, als wäre alles so wie immer, obwohl sie natürlich wissen, dass gar nichts wie immer ist. Schließlich laufen sie vor dem Cibo Matto Daniel in die Arme, der mit einem verklemmten Anzugschwulen draußen sitzt. Er hätte Felix ohnehin anrufen wollen, sagt Daniel und schaut sie spöttisch an.

Stella nutzt die Gelegenheit, sich rasch zu verabschieden. Wegen eines Unfalls auf der Avus kommt sie erst eine gute Stunde später in Zehlendorf an, es bleibt gerade genug Zeit zum Kochen. Als sie mit den Einkaufstüten in die Küche kommt, schmiert Richard gerade Frischkäse und Orangenkonfitüre auf eine Reiswaffel.

«Ich fürchte», sagt er und verzieht das Gesicht, «die Marmelade ist schlecht.»

Kapitel 30
Herzen im Duett

Das Handy vibriert einmal kurz.

Message: 18:30 Gärtnerstraße.

Felix hat sich wirklich gefragt, ob Stella sich melden würde, doch schon am nächsten Tag sind sie wieder zusammen.

Da er ohnehin nichts zu tun hat und zum Shoppen zu abgebrannt ist, geht er morgens zum Sport, nachmittags zum Zeitunglesen auf einen Gratis-Espresso ins Bel Air, redet mit Alexander, sitzt und wartet auf die Nachricht. Und sie kommt. Fast jeden Tag, am frühen Abend, fast zwei Wochen lang.

Im Bett kehrt die alte Vertrautheit schnell zurück. Doch sie funktioniert nur in der Abgeschlossenheit der Wohnung, in jener Blase aus zwei Zimmern, in der die Zeit stehen geblieben ist, die Zeit von damals, als alles neu und spannend für sie war, als sie keine Angst zu haben brauchten, als alle Wege nach oben führten, als es keine Frage war, ob sie zusammenbleiben, sondern Gewissheit, als sie am Anfang waren und nicht nach dem Ende.

Stella macht den Reißverschluss ihrer Jeans zu und sieht auf die Uhr.

«Ich muss los.»

«Geh noch nicht», sagt Felix und wundert sich selbst, dass solche Worte aus ihm hervorquellen. «Ich bin ja schon cool, aber du bist obercool. Ich finde, wir müssen mehr über unsere Gefühle sprechen.»

So etwas klingt schon in Vorabendserien banal, in der Realität noch mehr. Felix ist es berufsbedingt gewohnt, solche hölzernen

Dialoge aufzusagen, aber noch nie war er in der Situation, die Gefühle dazu in Worte fassen zu müssen. Er hofft, dass Stella zumindest versteht, was er meint. Vielleicht darf man solche Dinge auch generell nicht aussprechen. Wenn man es doch tut, ist man auf dem besten Weg zur gemeinsamen Partnertherapie. Aber es sprudelt weiter aus ihm heraus.

«Warum fahren wir nicht zusammen weg? Eine Woche oder zwei. Muss ja nicht teuer sein, last minute oder so. Ich meine, ich habe zwar gerade kein Geld und keinen Job, und ich kann dir nicht das bieten, was Richard hat, aber das ist doch egal. Ich bin eben nichts Tolles. Aber ein kleiner Star bin ich doch auch, oder? Ich will einfach nicht, dass es vorbei ist.»

Alles ohne Punkt und Komma dahingebrabbelt. Geht's noch? Ein jammernder Idiot, der sie zu einem Billig-Pauschalurlaub überreden will. Alles versaut. Felix tritt aus Wut gegen das Bett, und Stella nimmt ihn in den Arm. Fest, eine ganze Ewigkeit, und er spürt, wie ihre Herzen im Duett schlagen. Dann streicht sie ihm das Haar aus dem Gesicht.

«Ist ja gut», sagt sie.

Unten vor dem Haus steigt sie in ihr Auto und hupt noch einmal kurz, als sie anfährt. Felix schlägt den Kragen hoch. Es ist frisch geworden.

Am nächsten Tag kommt keine SMS und auch nicht am übernächsten. Felix geht weiterhin morgens zum Fitness und sitzt nachmittags mit Alexander am Tresen, zwei tragische Vergessene, die sich uninteressantes Zeug über Beziehungen erzählen oder sich anschweigen und irgendwann zu trinken anfangen. Felix geht dann, meist kurz bevor die Abendgäste kommen, denn er hat keine Lust, irgendwen zu treffen, den er kennt.

Seine finanzielle Lage wird davon nicht besser. Die Zahlungen des Untermieters und die Arbeitslosenhilfe reichen gerade für die fälligen Hypotheken und das Nötigste. Richard noch einmal anzurufen traut er sich nicht. Vielleicht hat Stella doch etwas gesagt. Von dem geplanten Verkauf von Rezas Bildern hat Vera Abstand genommen, seit sie wieder Aussicht auf Lohn und Brot hat. Zu riskant, findet sie und steckt ihm manchmal einen Hunderter zu. Zurzeit ist sie mit Hanno auf dem Diätdreh in der Dominikanischen Republik, in einem Mittelklassehotel, gesponsert von TUI. Etwas Besseres war nicht drin bei dem Etat. Ohne sie fühlt Felix sich noch unwohler in Rezas Nobeldomizil. Allein hat er überhaupt keine Legitimation, sich dort aufzuhalten.

«Warum arbeitest du nicht wenigstens hier?», fragt Alexander eines Abends nach dem dritten Wodka-Lime, als nebenan das Mischpult für einen Clubabend verkabelt wird. «Ich kann diese Leute nicht mehr sehen.»

Felix zuckt lustlos mit den Achseln. Aber warum eigentlich nicht? Besser als dumm herumzusitzen. Alexander sagt den Kellnern Bescheid und geht sofort. Felix leiht sich von der Kellnerin ein Näschen, später noch eins und noch eins und legt seine verdrießliche Miene ab. Es wird spät.

Ein Trommelwirbel weckt ihn. Felix weiß nicht recht, wo er ist und wie er dort hingekommen ist. Sein Kopf liegt auf dem Tresen, ein dünner Speichelfaden rinnt aus seinem Mundwinkel. Durch die Bierflaschen hindurch sieht er ein Paar Plateau-High-Heels herumstapfen. Sie tragen eine Frau im String-Tanga, die ihre Brüste zu Billig-Techno knetet und zwischendurch ihren Unterleib an einer Metallstange reibt. Jetzt hält sie sich mit einer Hand an der Stange fest, drückt ihren Rücken durch und schlenkert mit dem Haar einmal durch die Gesichter der Gäste. Im Sportunterricht nannte man das Brücke. Dabei fegt sie ein paar Bierflaschen um.

Felix reißt sich hoch und applaudiert begeistert. Er fällt beinahe vom Hocker; um seinen Hals baumelt eine schwere Spiegelkugel von dreißig Zentimeter Durchmesser, die ist nicht gut für das Gleichgewicht.

Die Bar hat sicher schon bessere Tage gesehen. Alles ist mit Spiegeln und rotem Samt dekoriert. Die meisten Gäste sind Männer, die Frauen polnischblond oder blauschwarz. Was Felix allerdings mehr irritiert als die Tatsache, in einem dubiosen Bumsschuppen zu sich zu kommen, ist der Umstand, dass sein Portemonnaie noch an seinem Platz steckt.

Sein analytischer Verstand sagt ihm, dass er nicht allein hier ist, denn wie er seinen Zustand einschätzt, läge er sonst längst schon in einem Stundenhotel und könnte froh sein, halbwegs ungeschoren davonzukommen.

Er dreht seinen Kopf vorsichtig, als könne er sich durch zu rasche Bewegungen verletzen, nach rechts und dann nach links. Zu seiner Seite sitzt Alexa in hellen Jeans und einem cremefarbenen Kaschmirsweater, ganz die Tochter aus gutem Hause.

«*Du* wolltest hierher», sagt sie spöttisch. «Schon vergessen?»

Felix' Zunge ist schwer.

«Kannst du mich nach Haus fahren?»

«Sonst ist ja wohl nichts mehr mit dir anzufangen.»

Am Stuttgarter Platz wird es gerade hell. Über der Bar blinkt hektisch ein Neonlicht *Pretty Baby – Tabledance*. Ringsherum leuchtet es *Girls, Girls, Girls*. Felix hält den Kopf in den Fahrtwind, weil ihm übel ist und er nicht reden will. Als Alexa anhält, drückt er ihr einen Kuss auf die Wange.

«Danke. Gibst du mir noch eine Zigarette?»

Der Portier sieht ihm missbilligend hinterher. Oben lässt Felix sich ein Bad ein. Er schluckt ein paar Tabletten und döst ein bisschen im warmen Wasser, bis irgendwann Rauchgeruch nach oben zieht. Die Zigarette! Nicht nur der Tisch hat einen Brandfleck, auch im Boden prangt ein mehr als tellergroßes Loch. Selbst die Spanplatte darunter ist angesengt. Vera wird nicht begeistert sein, wenn sie zurückkommt. Zumindest hätte die Hausratsversicherung jetzt wirklich einmal einen Grund einzuspringen.

Felix ist etwas ratlos und lässt sich von einem Bekannten die Nummer eines preisgünstigen polnischen Renovierungsteams geben. Wie es aussieht, muss gleich die ganze betroffene Ecke ausgebessert werden, die Farbunterschiede seien bei einzelnen Holzstücken zu groß. Am nächsten Tag rücken die Polen mit Stichsägen und Stemmeisen an. Der Lärm ist unerträglich, doch Felix bleibt, weil er befürchtet, sie könnten etwas mitgehen lassen. Als es ruhiger wird, geht er nach unten. Die Polen haben ein Stück von etwa eineinhalb Quadratmetern aus dem Boden gesägt, das jetzt an der Wand lehnt. Einer ist gerade im Begriff, Spachtelmasse in das Loch zu schmieren, doch Felix sagt: «Stopp.»

In dem Loch sieht man Teile einer großflächigen Collage, versiegelt mit Kunstharz oder dickem Bootslack. Etwas Ähnliches hat Felix schon einmal gesehen, in einer Ausstellung oder als Foto in einer Zeitung. Auf einmal ist er ganz aufgeregt; wo hat er bloß Veras Telefonnummer in der Dominikanischen Republik? Er holt einen Lappen und wischt die Stelle sauber. Was man erkennt, ist der Körper einer nackten, gefesselten Japanerin, die anzüglich lächelt. Nur das Gesicht ist ausgeführt. Der Rest des Körpers ist mit groben Strichen angedeutet, gemalt auf ein paar Streifen Tapete mit einem Chrysanthemenmuster. Der Unterleib der Frau wird von einem Tortendeckchen aus Papier verdeckt. Darauf steht in altertümlicher Schönschrift: Die Menschen können nur eines nicht ertragen. Wenn sie erkennen, dass man ihnen wirklich etwas voraus hat.

Kapitel 31
Pack schlägt sich, Pack verträgt sich

Lola Montez ist der gruseligste Film, den Vera kennt. Bei der Anfangsszene läuft es ihr jedes Mal kalt den Rücken herunter. Die gealterte Kurtisane, einst Geliebte von Franz Liszt und Grund für die Abdankung des bayrischen Königs, wird von einem Zirkusdirektor in der Manege vorgeführt und muss mit ansehen, wie Schauspieler Szenen aus ihrem Leben nachstellen, während der Pöbel im Publikum unflätige Bemerkungen grölt.

So ähnlich kommt Vera sich auch gerade vor. Man hat ihr eine hochwertige Produktion versprochen, aber es ist wie üblich: *Vera, Sie wissen ja, wie das ist. Bei einem Piloten ist natürlich nicht so viel drin. Können Sie nicht noch dies machen, und wollen Sie nicht vielleicht auf das verzichten. Wir sitzen doch alle im selben Boot. Sie sind schließlich am Umsatz beteiligt. Und wenn's erst mal läuft, wird alles schöner, größer, besser, aufwendiger.*

Hier etwas auf lau und da ohne bezahlte Überstunden. Die alte Berliner Malaise: improvisieren, einsparen, flicken, basteln und auf gut Freund machen. Anderswo würden die Leute es nicht wagen, einem so blöd zu kommen.

Vera sitzt mit übereinander geschlagenen Beinen auf einem feuerroten Cone Chair, den sie für den Dreh aus Rezas Wohnung im Taxi mitnehmen musste, weil natürlich auch kein Geld für Leihgebühren vorhanden ist. Der Stuhl steht verloren in einer offenbar schon mehrfach benutzten Kulisse. In dieser trostlosen Umgebung nimmt Vera Anrufe entgegen. Aber gut, was soll's? Schließlich hat Priscilla Presley mit Luxurious Hair ein Vermögen verdient, jede ältere Schauspielerin bewirbt heute ihre eigene Kosmetiklinie. Der Aufnahmeleiter, ein absoluter Kretin, gibt ihr ein Zeichen.

«Bleiben Sie dran», sagt Vera und lächelt. Sie hat so viel Botox im Gesicht, dass sich nur der Mund bewegt. «Wir sehen uns gleich wieder.»

Schnitt: Auf dem Monitor die dicksten Frauen aus Hannos Weight-Watchers-Gruppe. Sie führen sich Kalorien zu, in jeder Menge und Form, fest oder flüssig. Jeder Bissen wird von eingeblendeten Zahlen kommentiert, die sich schon bald in die Tausende addieren. Die Frauen schieben sich wahllos Schweinebraten, Pasteten und Tiramisu rein. Dabei sehen sie nicht so aus, als ob es ihnen schmecke. Vera kommt von rechts ins Bild, streicht sich über den Körper, ihre schlanke Taille und sagt: «Ich bin verliebt. Frisch verliebt. Verliebt in mich. Und für diese Liebe habe ich gekämpft.»

Dann legt sie sich eine Tablette auf die Zunge, als würde sie beim Abendmahl eine Oblate empfangen, und schluckt sie mit dem Ausdruck höchsten Genusses herunter.

«Ultraslim hilft mir, den Kampf gegen die Kalorien zu gewinnen. Wie, fragen Sie? Ganz einfach! Indem ich auf sie verzichte. Denn Ultraslim hat überhaupt keine Kalorien. Nicht eine einzige. Nur Ballaststoffe, lebenswichtige Vitamine und Mineralien. Ultraslim ist Heilfasten ganz ohne Hungern. Denn ich weiß, was mein Körper braucht. Ich weiß, was ich mir leisten kann.»

Packshot mit Telefonnummern. Dazu Musik.

«Unsere Leitungen sind jetzt für Sie freigeschaltet. Bestellen Sie Ultraslim-Tabs in dem dekorativen Keramik-Tischspender jetzt.»

Schnitt in ein Fitness-Studio, dessen Ausstattung nicht ganz auf der Höhe der Zeit ist. Man hat eine Fitness-Kette als Sponsor gewonnen, deren Logo in regelmäßigen Abständen irgendwo auftaucht.

Dann: Vera mit Publikum.

«Sie dürfen sich nicht aufgeben», sagt sie und tätschelt den Unterarm der Seekuh, die neben ihr am Bistrotisch gestrandet ist. «Ein Körper, der kämpft, ist besser, als ein Körper, der bereits aufgegeben hat.»

Sie wendet sich in die Kamera und informiert die Zuschauer darüber, dass die Frau Dötsch schon alles probiert habe, um ihre Pfunde zu besiegen, erfolglos selbstverständlich. Doch jetzt hätten ihre Leiden und Entbehrungen ein Ende. In zwei Wochen werde man die Dame als neuen Menschen wieder treffen. Im Hintergrund sieht man dicke Frauen auf Laufbändern schwerfällig vor sich hintrotten.

Anschließend haben die Zuschauer wieder Gelegenheit anzurufen, danach kommt als Einspieler Veras Erfolgsgeschichte, preisgünstig gedreht in der Dom Rep auf Mini-DV, absolutes Minimal-Equipment mit zwei Lampen und einem Stativ, Flug in einer Chartermaschine. Am Anfang sieht Vera, am Computer leicht gestaucht, aus wie eine fette Made, zum Schluss steigt sie braun gebrannt und gertenschlank aus den Fluten, schluckt eine Ultraslim-Tablette für den kleinen Hunger zwischendurch und läuft am Strand in den Sonnenuntergang.

Man könnte ein eigenes Fernsehprogramm nur mit misslungenen Piloten füllen. Seit Wochen wird an diesem hier gebastelt, von dem Vera hofft, dass er nie zur Ausstrahlung kommt. Der Kurzurlaub war ja zu ertragen, doch die Aussicht, jede Woche diesen Mist zu moderieren, ist deprimierend. Endlich ist die Aufzeichnung im Kasten. Vera lässt sich ein Taxi rufen. Vor dem Bel Air bittet sie den Fahrer zu warten und ruft Felix an, dass er rauskommt. Er ist nicht gut drauf, das merkt sie gleich, und er sieht auch nicht gut aus. Vera macht sich Sorgen.

Den Kran sehen sie schon von weitem, als sie die Straße entlangkommen. Zwanzig Meter hoch erhebt er sich, mit einem Ausleger, der über die ganze Breitseite des Gebäudes reicht. Auf dem Dach wuseln Bauarbeiter herum.

Dr. de Boer steht neben seinem Wagen und telefoniert. Er hat sich einen sorgfältig gestutzten Bart wachsen lassen und sieht aus wie ein schwuler Käpt'n Iglo.

«Wilfried, mein Lieber», sagt Vera und küsst ihn auf beide Wangen, «wie geht es voran?»

«Wunderbar. Alles läuft nach Plan.» De Boer nickt Felix leutselig zu und deutet nach oben. «Sehen Sie, da kommt das erste Teil.»

Vera fröstelt. Sie zieht ihren Schal enger und hakt sich mit einem Arm bei de Boer ein, mit dem anderen bei Felix, und beobachtet, wie ein Bodenteil an Stahlseilen herabgeschwebt kommt. Vier Männer greifen es an den Ecken, und der Kran senkt die Betonplatte vorsichtig auf der Ladefläche eines Lkw in ein Bett aus Styropor, wo sie mit äußerster Sorgfalt mit Folie abgeklebt wird.

«Unter dem falschen Glamour liegt das Wahre», sagt Vera versonnen. «Ist es nicht ein Wunder, dass nichts damit passiert ist, bei all dem Ärger, den wir mit der Wohnung hatten?»

De Boer nickt und macht ein Gesicht, als sei er darüber sehr dankbar.

«Eigentlich ist so ein Objekt natürlich unbezahlbar und auch nicht einfach irgendwo zu verkaufen. Ein echter Paffendorfer, 64 Quadratmeter, und dann noch von der Qualität. Aber die Stadt hat ein Angebot gemacht, das man in Rezas Namen annehmen sollte. Die Klassenlotterie stellt Mittel zur Verfügung.»

«Sicher, sicher», sagt Vera zerstreut. «Sowas braucht alles seine Zeit. Das verstehe ich ja. Auch wenn die Situation für mich ein bisschen unbequem ist. Aber momentan sind ja alle etwas klamm.»

«Das», sagt de Boer, und seine Mundwinkel zucken nur unmerklich, «sollte überhaupt kein Problem darstellen.»

Kapitel 32 Freesien

Ausgerechnet Freesien. Diese Krankenhausblumen in Fünfziger-Jahre-Sorbet-Farben, Zartgelb, Blassviolett und Rosa, mit gummiartigen Farnblättern, die auch noch nach drei Wochen, wenn jede Blüte längst verwelkt ist, vollkommen unverändert aussehen.

Der süßliche Duft mischt sich mit dem scharfen Geruch des Desinfektionsmittels und erinnert Hanno an den Tod seines Vaters. Man hatte ihn in der Kirche aufgebahrt, in einem Meer aus Freesien, mit Chorälen vom Band, und alle betonten immerzu, wie gesund er aussähe, ja viel besser doch als zu Lebzeiten, und er hätte es in der letzten Zeit auch nicht leicht gehabt mit all den Operationen.

In Wahrheit sah er natürlich gar nicht gut aus, sondern war nur stark geschminkt. Auch die flackernden Elektrokerzen konnten Hanno nicht über den pastig braunen Puder und die grotesken Apfelbäckchen hinwegtäuschen. Die Oberlippe war ein bisschen hochgerutscht und gab, wenn man genau hinsah, den Blick auf einen weißen Plastikstreifen frei. Das Gebiss lag zu Hause. Hanno schwieg, da seine Schwestern ohnehin nah am Wasser gebaut hatten, und bezahlte später klaglos die Rechnung für die Aufbereitung des Leichnams. Er berührte kurz die Hand, welche die Balsamierer offenbar vergessen hatten. Sie war kalt und trocken und die Nagelbetten bläulich verfärbt. Für sich verfügte Hanno später, dass seine sterblichen Überreste verbrannt werden sollten, ohne dass irgendein Verwandter sie noch einmal zu Gesicht bekäme. Wenn seine Organe irgendjemandem nützen, ist ihm das recht, aber dass ausgerechnet ein

Visagist ihn als letzter anfassen soll, kommt überhaupt nicht infrage.

Hanno hegt von jeher eine tiefe Abscheu gegen Silvester. Diese aufgesetzte Fröhlichkeit, gepaart mit Sentimentalität, diffusen Zukunftsängsten und guten Vorsätzen. Er ist zum Jahreswechsel gesellschaftlich völlig inkompatibel und weiß auch nicht, warum er ausgerechnet in diesem Jahr hiergeblieben ist, statt in irgendein asiatisches Land zu fahren, wo die Sonne scheint und das neue Jahr im Februar beginnt. Er hatte keine Idee, was er Stella hätte mitbringen sollen, im Krankenhaus trinkt man keinen Champagner. Schließlich hat er ihr eine batteriebetriebene chinesische Glückskatze gekauft, die jetzt auf dem Nachttisch steht und hektisch vor sich hin winkt. Die Schwester bringt ein angetrocknetes Stück Käsekuchen und rötlichen Früchtetee. Hanno drückt ihr im Gegenzug die Freesien in die Hand.

«Davon bekommt sie Kopfschmerzen», sagt er.

Stella hat Einzelzimmer mit Anspruch auf Chefarztvisite. Sie liegt auf der gynäkologischen Station des Uniklinikums Steglitz. Das Kopfteil ihres Bettes ist hochgestellt und der Fernseher auf stumm geschaltet. Am Mundwinkel hat sie ein kleines, nässendes Herpes-Geschwür. Hanno ist fast gegen seinen Willen gerührt und drückt ihre linke Hand. Am rechten Arm hängt ein Infusionsschlauch.

«Es fing so harmlos an», sagt Stella leise. «Ich hatte mich geschnitten, nur eine kleine Wunde am Finger, die sich entzündet hat. Nach ein, zwei Tagen bin ich zum Arzt gegangen und habe Antibiotika verschrieben bekommen. Aber da war es wahrscheinlich schon zu spät. In der Nacht habe ich dann Krämpfe gekriegt, und Richard hat den Krankenwagen gerufen. Es wurde sozusagen durch diese Entzündung vergiftet.»

Frauen sind da unten unübersichtlich, daran liegt's. Da kann jede Menge passieren. Ständig nistet sich irgendwas ein oder aus, wächst, blutet oder muss ausgeschabt werden. Hanno erinnert sich an eine Statistik, dass rund ein Drittel aller Föten in den ersten Monaten abgestoßen wird. Ganz normal ist das in der Natur, aber wahrscheinlich nicht besonders tröstlich, wenn man sich einmal entschlossen hat, ein Kind zu bekommen und sich womöglich darauf freut.

«Weißt du», fängt Stella wieder an, «ich fühle mich, als hätte ich eine Chance gehabt und nicht genutzt.»

«Quatsch», sagt Hanno. «Du kannst doch nichts dafür.»

Wovon redet sie eigentlich? Wenn man mit siebzehn schwanger wird, ist es eine Katastrophe, mit vierzig ist es eine Leistung. Stella ist gutes Mittelmaß dazwischen. Sie ist kerngesund. Sie wird es überstehen. Die Fruchtbarkeit steht ihr geradezu ins Gesicht geschrieben.

«Wann bist du wieder raus?»

«In ein paar Tagen. Sie wollen mich noch zur Beobachtung dabehalten.»

«Und heute Abend?»

«Nichts groß. Richard kommt kurz vorbei, und dann werde ich schlafen gehen. Wenn ich raus bin, fahren wir ein paar Tage nach Klosters.»

Kranke machen Hanno befangen, und er beginnt, sich unwohl zu fühlen. Als Stella ihn schließlich bittet zu gehen, weil sie müde ist, ist er ganz froh und drückt ihr einen brüderlichen Kuss auf die Stirn.

«Darf ich dich anrufen, wenn ich wieder arbeiten will?»

«Ja, klar», sagt Hanno, auch wenn ihm nicht wohl ist dabei. Er kann gar nicht anders, und das weiß sie genau. Ärgerlich. Stella nutzt ihre Situation aus, um mit ihm über Jobs zu verhandeln. Das ist ihrer doch eigentlich unwürdig, schließlich sind sie Freunde. Im Prinzip die gleiche Masche wie Bettler, die einem einen Stumpf entgegenhalten und Geld verlangen. Nur weil ihre dumme, kleine Firma dicht macht. Ruf mich nächste Woche im Büro an, würde er am liebsten blaffen, oder werd doch wieder schwanger, aber nimm nicht einem armen Mädchen, das es nötig hat, den Job weg! Frag doch deinen Freund, der hat doch bestimmt was. Am Ende bereut man immer, dass man zu gutmütig ist. In der Tür dreht er sich noch einmal um.

«Ach», sagt Stella, «und tu mir bitte einen Gefallen. Am besten du erzählst niemandem etwas. Sag einfach, ich sei verreist. Und erzähl Felix nichts davon.»

«Alles klar.»

Oder auch nicht. Klar ist nur, was sie ihm damit sagen will. Armes Mädchen, vielleicht ist er doch zu hart mit ihr. Als Freie, vielleicht klappt das, man könnte es zumindest mal probieren. Irgendein Projekt kann er ihr ja anbieten, wenn es denn nötig ist. Die Geheimnisse anderer Leute sind immer eine Belastung. Es gibt so viele Dinge, die Hanno nicht wissen will.

Draußen dudelt Weihnachtsmusik. Eine Dialyseschwester stellt ihre Aquarelle aus, Menschen in Pantoffeln schieben sich an Gehgestellen durch die Gänge. Es wird schon wieder dunkel.

Zu Hause stellt Hanno das Handy aus und den Fernseher an. Er muss nicht aus dem Haus, wenn er nicht will, niemand kann ihn dazu zwingen, und er muss auch mit niemandem sprechen. Wenn man jung ist und Erfolg haben will, muss man sich ständig überall sehen lassen. Und auch, wenn die Zeiten härter werden. Um zu zeigen, dass man noch da ist. Für Hanno ist die Frage schon lange nicht mehr, wohin er ausgeht, sondern wohin er ausgehen lässt. Er schickt einfach seine Leute, das ist Präsenz genug.

Er wird es sich mit ein, zwei Flaschen Champagner und einer Magnum-Dose goldfarbenem iranischem Beluga, die ihm ein befreundeter Fischgrossist geschenkt hat, vor dem Fernseher gemütlich machen und die Jahresrückblicke ansehen.

Als Hanno um Mitternacht auf den Balkon tritt, wird ringsherum heftig geknallt, aber von dem Feuerwerk ist kaum etwas zu sehen. Wie amputiert ragt der Schaft des Fernsehturms in den Nebel. Als es ruhiger wird und der Pulvergestank sich verzogen hat, geht Hanno doch noch auf einen Drink vor die Tür. Im Bel Air ist die Stimmung der vorgerückten Stunde entsprechend.

Es ist immer das Gleiche. Irgendwie tauchen doch alle auf, da kann man sicher sein, auch wenn sie sich vorgenommen haben, diesmal bestimmt kein Party-Hopping zu veranstalten, weil man natürlich überall die Höhepunkte verpasst, oder weil sie nur gemütlich zu Hause bleiben wollen, zu zweit am besten, und spätestens um eins öden sie sich dann todsicher an.

Vera Magun erscheint in einem rasierten Nerz, der auf Leopard gefärbt ist – damit kann sie jedem Tierschützer weismachen, es sei nur Plüsch – und vollem Bühnen-Make-up, gefolgt von zwei Lesbenpärchen, die sich hier sichtlich unwohl fühlen. Seit Vera bei einem Frauenball aufgetreten ist, hat sie eine ganz neue und besonders treue Zuschauergruppe erschlossen. Man kann es sich nicht aussuchen.

Hanno begrüßt Daniel und de Boer, die mit Felix, Alexa und ein paar anderen Leuten einen Tisch haben.

«Alles okay mit euch?», fragt er und winkt Alexander zu, der, wie immer, am Ende des Tresens sitzt und einen etwas unpassenden kreischgelben Anzug trägt. «Habt ihr euch endlich vertragen?»

Daniel zieht eine Grimasse.

«Kann man sich mit dem Winter vertragen?»

«Dein teurer Verflossener ist wirklich die Grapefruit unter den Tunten», kichert de Boer, der unter massivem Alkoholeinfluss seine Contenance verloren hat und heftig an Daniel herumfummelt. «Die Grapefruit unter den Tunten. Außen gelb und innen bitter.»

Felix gibt Hanno einen Wink, ihm auf das Klo zu folgen, und Alexa geht auch mit. Das tut man doch nicht in ihrem Zustand, denkt Hanno, oder sollte er sich täuschen? Die kleine Wölbung unter dem Etuikleid – Alexa ist eigentlich nicht der Typ Frau, der so etwas dem guten Essen und den gemeinsamen Fernsehabenden in einer festen Partnerschaft verdankt. Sie geben sich total verliebt, wollen zusammenziehen, erzählen sie, und suchen irgendwas in Pankow, vielleicht eine der alten Botschaften aus DDR-Zeiten, mit Garten und Hausmeister. Ob er nicht mitziehen wolle, zu viert müsste man wenigstens sein, sonst lohne sich das Ganze nicht.

«Ich werde es mir überlegen», verspricht Hanno.

Übermorgen wird sich ohnehin niemand daran erinnern. Angenehm beschwingt setzt er sich an die Bar. Eine Journalistin, die viermal im Jahr ein bezahltes Urlaubsmagazin für einen Reiseveranstalter macht, wovon sie mehr als gut leben kann, beklagt die Weisungsgebundenheit an ihren Auftraggeber, als sei dies das Ende der Pressefreiheit. Ganz ordentliche Titten, flüstert Felix ihm zu, und verschwindet in der Küche. Nebenan reden Leute über das Glück. Nette Leute, mit denen man viel Spaß haben kann.